小镇艳阳录

Sunshine Sketches of a Little Town

［加］斯蒂芬·里柯克 ｜ 著

Stephen Leacock

斯钦 ｜ 译

南方出版传媒

花城出版社

中国·广州

图书在版编目（ＣＩＰ）数据

小镇艳阳录 / （加）斯蒂芬·里柯克著 ； 斯钦译
. -- 广州 ： 花城出版社，2018.1
　（里柯克幽默小说双璧系列）
　ISBN 978-7-5360-8389-9

　Ⅰ．①小… Ⅱ．①斯… ②斯… Ⅲ．①短篇小说－小
说集－加拿大－现代 Ⅳ．①I711.45

中国版本图书馆CIP数据核字(2017)第285471号

出 版 人：詹秀敏
责任编辑：揭莉琳
技术编辑：凌春梅

封面设计： 禮孩書衣坊
　　　　　 LI HAI BOOKSTORE
插　　图：宁 雷

书　　名　小镇艳阳录
　　　　　XIAOZHEN YANYANG LU
出版发行　花城出版社
　　　　　（广州市环市东路水荫路 11 号）
经　　销　全国新华书店
印　　刷　佛山市浩文彩色印刷有限公司
　　　　　（广东省佛山市南海区狮山科技工业园 A 区）
开　　本　880 毫米 ×1230 毫米　32 开
印　　张　8.375　5 插页
字　　数　139,000 字
版　　次　2018 年 1 月第 1 版　2018 年 1 月第 1 次印刷
定　　价　38.00 元

如发现印装质量问题，请直接与印刷厂联系调换。
购书热线：020 - 37604658　37602954
花城出版社网站：http://www.fcph.com.cn

斯蒂芬·里柯克（1869—1944）

里柯克肖像

里柯克纪念邮票

马里普斯镇的原型——加拿大安大略省19世纪末20世纪初时候的风光

前　言

　　我不知道一个作家该用什么样的方式向公众推介自己的作品，我只是觉得作家本人首先应该介绍自己的一些生平，自己是谁，是干什么的。这样的话，当人们对你持那种"看看这个人干了些什么"的态度时，会自然而然地想到你生活的环境，觉得你写出这样的作品也是情有可原的。

　　我于1869年12月30日出生在英国汉普郡的斯万摩，1876年随父母移民到加拿大。虽说我早就应该想到去另外一个地方是极有可能的，但那时我并没觉得除了家乡，自己还会和这地球上别的什么地方扯上关系。父亲在安大略省的西莫买了块耕地。那时候正是加拿大农业发展最困难的时期，我父亲辛苦一年，挣的那点儿钱只够维持雇人的开支以及买种子的钱，就这样他勉勉强强维持了若干年。在此情况下，我们兄弟几个长大后都脱离了在土里刨食的生活，成为教授、商人、工程师。所以每当我看到政客们声情并茂滔滔不绝地谈论什么农业、农业繁荣和复苏在望的大话，就仿佛看见那些朴实无华的用作沤肥的粪坑，令我作呕。

起初我在多伦多的一个大专学校上学，并于1887年以不错的成绩毕了业。毕业后我去了多伦多大学学习并于1891年毕业。在多伦多大学里我攻读语言专业，一天中差不多有十六个小时都用在学习上。由于我只知道埋头学习，所以对校园外的世界全无所闻。毕业后不久我就发现自己把学过的东西都忘得精光，不仅如此，脑子还不太灵光。鉴于此我只能去做老师，因为做这行第一不需经验，第二也不要脑袋瓜儿转得快。就这样从1891年到1899年我在自己曾经上过学的那个大专学校里做事，在那里我看到好多颇有天分的优秀人才不得不在这个枯燥乏味、不被当回事儿、丁点儿谈不上挣钱的职业待着以维持生计，我对他们真的抱有很深的同情。我还看到自己的学生，他们当中那些看上去懒散、读书不好的学生毕业后在酒吧里找到事做，或者自己做生意，或者参与到公众生活的工作中，日子混得蒸蒸日上，反过来那些在学校里拿奖学金拿到手软的、看上去前途远大的学生出去后却只能在类似夏日酒店那种地方谋个小职员的活计，有的甚至沦落到给人划划船，在甲板上干些杂活儿来维持生计。

终于在1899年我带着厌恶的心情辞去了教书的活儿，又借了些钱，估摸着这点儿钱足够自己能生活几个月，我去了芝加哥大学学习经济和政治学。没过多久我拿到奖学金，再加上有时为麦吉尔大学做事挣点儿钱，勉强维持到1903年拿到哲学博士学位。对我来讲，取得这个学位的意义，就是人生中再也不用为了检查自己是否学到东西去参加考试，还有就是什么事情终于被认定完成了，以后再也不想折腾了。

从那以后，我开始为麦吉尔大学工作，也是在那个时间段，我结了婚，然后做了经济和政治科学系的头儿。这个职位让我有了些成就感，觉得自己也蛮幸运。就薪水而言，我拿的远远比那些警察、邮递员、开街车的和周围那些办公楼里的小职员多得多。但是就平等而言，我自己倒并不觉得能多挣点儿钱就高人一等，所以常常和那些做小买卖的人在一起厮混。然而闲的时候，我开始享受风花雪月，四季交替，这是一个小生意人很难做到的。再往后，我开始沉溺于"思考"这件事，并且很享受，我认为一个生意人是很难理解我的这一爱好的。还有另一件事我觉着也挺好，那就是你也可以好几个月不去"思考"。

我曾经写过一些和我在大专院校的生活有关的零碎东西——一本关于政治科学的书，几篇散文，以及刊登在杂志上的零散文章。从美洲政治科学协会到皇家殖民地学院，再到英格兰教会，我都参加了。这些东西当然表明我的敬意。我也在政治和公共生活中出点儿小力。几年前在皇家组织的召唤下，我在大英帝国的所有殖民地转了一圈，发表些演讲。就这些演讲的重要性而言，如果我说它们紧接着就被南非工会、特立尼达的香蕉暴乱以及意土战争拿去引用，细心的读者也许会看出些端倪。在加拿大，我加入了保守党，但现在看来我在加拿大的政治生涯无疑是失败的。何以见得呢？原因是谁也没给过我一个工程合同，比如说在哪里建座桥，搭个码头，哪怕是在泛加拿大铁路的工程中，拿到一小段铁轨工程。我发现在这片土地上，把国家的利益抛至脑后似乎已经成为风气。

除了上述那些，我还写了两本书，一本叫《文学延伸》，另一本叫《胡言乱语》。这两本书都由约翰雷纳出版。如果您读到我的这个前言，您可以去一家书店，三本书一起买只要七个先令。而且因为这些书太"幽默"了，所以再过几年你可能会发现要想印这些书都是不可能了。编书的人可能会一边干活一边笑抽了。只有排字工人力争要把这些书印出来，而且他们做到了。即使这样，人们在传阅这些书时也要小心，千万别传给那些体质较弱的人。

好多朋友觉得我的这些不值得一提的幽默文字，是我在研究经济学的脑力劳动中，因为实在是交代不了写一些严肃文章的差事，所以在百无聊赖当中写的一些东西。我自己觉得正相反。写那些有数字、有事实支持的实打实建设性的东西其实很容易，比如说你写中国中部的民俗论文，或者写一篇为什么爱德华王子岛的人口会下降这样的调查报告是再简单不过了。但是如果你要写自己内心深处的一些东西，写得有意思，不仅需要承担繁重的工作，还得要有运气，有灵光闪动的时候。我个人以为，我宁愿自己能写出《爱丽丝漫游记》，也不爱花费时间去写一部《大英百科全书》。

就这本小说而言，我必须声明的是，我绝对没有为图省事仅仅只是描写几个真人、记述几件真事而已。虽然马里普斯这个名字是编出来的，可是生活中你能找到六七十个类似的小镇子，从苏必利尔湖到大西洋那条线的两岸有一溜儿这样的小镇，一模一样的四方街道，一模一样的枫树，一模一样的酒店和教堂，骄阳赫赫，普照在这片充满了希望的土地上。

同样地，小说里受人尊敬的德鲁尼先生，在生活中你也能轻易发现有至少八到十个这样在教堂里管事的主教。为了在小说里创造这样一个人物，我从一个德鲁尼的身上扒下他的靴子套在第二个德鲁尼身上，再加上第三个德鲁尼宣道时的话，然后添上第四个德鲁尼的性格特点，就这样让他在书里有了自己的人物特点。他的身上有诸多主教的特点，也许生活中的那些主教可以在德鲁尼身上发现自己。木林斯、宝绍和帕帕雷法官，还有其他的一些人，在生活中都是我周围朋友的名字。但是我对他们的了解，不过都是身高、肤色什么的，其实私底下，我不是很了解他们。帕普金先生呢，如果一家加拿大的银行要在县城里开一间分行，需要一个出纳员，你可以发现帕普金先生就在那里。至于体重280磅的斯密斯先生，他声音嘶哑，穿衣服土气，但心地还算善良——每个人都知道做酒店生意的人多多少少都有这样的性格特点。

是什么让我想写这样一本书呢？——想想这片土地，街道构成的四四方方的镇子，宁静的湖边种着被打理得整整齐齐的枫树，枫树和附近的原始森林遥相呼应，光是想到这个就足以让我动笔了。如果您觉得我书里对景物和乡村的描写不成功，那多半是我在艺术手法上的欠缺，但肯定和我对这片土地的感情无关。

斯蒂芬·里柯克

麦吉尔大学

1912年6月

目录 *contents*

第一章　斯密斯先生的旅店

　　不知您有没有听说过马里普斯小镇，即使没听说过也无啥大碍，那样的镇子在加拿大很多，真要数起来，您肯定认识不下一打儿。

　　它沐浴在阳光里；一道斜坡儿从山脚一直延伸到湖边，坡上便坐落着这个叫马里普斯的镇子。湖边有个码头，码头上泊着一条蒸汽船，两根只有"路西塔尼亚号"①才会用的大粗绳子把蒸汽船和码头拴在了一起。因为湖是内陆湖，所以这艘"马里普斯美人号"没有多少航运任务；除了国庆日②以及英女王的生日③它会象征性地开出去在湖上兜兜风，剩下就是拉着"帕西亚斯骑士团"和"戒酒好男儿"④的成员们在附

────────────

①　一艘大型英国海船，在一战中被德国潜水艇击沉。
②　加拿大在1867年7月1日成为独立的自治领国家。从此，7月1日定为加拿大的国庆日。
③　加拿大迄今还是英联邦成员国之一。主权独立但奉英国国王或英国女王为加拿大国家元首。此处指维多利亚女王（1819—1901）的生日5月24日。
④　以禁酒、戒酒为宗旨的民间社团。

近几个禁酒或者非禁酒的小镇之间转转。除此之外，它就没什么地方可去了。

那个小湖在地理上被叫作微萨诺蒂湖，从湖里延伸出来的河叫作瓦萨微比河，因为行政上马里普斯属于密西诺芭县，所以那条主街被叫作密西诺芭大街。不过这些都不重要，没人会在意它们的地理称谓。聊天时人们只说"那个湖，那条河，或者是那条大街"——这和它们称呼"大陆酒店"为"罗伯森·皮特家的"，"医药大堂"叫作"艾略特家的药店"一样。从外观上看，马里普斯和其他小镇没什么两样，所以就不在这里一一详述了。

一条从湖边修过来的上坡路就是小镇的主街，光看这条街，你就知道当初小镇的设计者们目光何其远大，他们一开始就摒弃了华尔街和皮卡迪利大街①那种挤巴巴的设计思路。密西诺芭大街可宽了，宽到你把杰夫·索普的理发店放倒都够不到大街中间的那道线。主街的上下坡旁七歪八扭地站着好些个结实粗壮的松树木头做成的电线杆子。杆子之间的电线比你在泛大西洋电缆公司看到的那些线显然要多很多。

主街上有好多了不起的建筑。这包括斯密斯大酒店、大陆酒店和马里普斯大市场以及两家银行——商业银行和兑换银行。其他还有1878年落成的麦卡锡大楼、格拉夫的五金店和

---

① 皮卡迪利大街位于英国首都伦敦。街道繁华但很拥挤。

它上面共济会①的房子。密西诺芭大街和辅街的交会处仁立着邮局、消防队、基督教青年协会和《马里普斯新闻邮报》报馆等建筑物。说句实话，即便是在那些喜欢吹毛求疵的人的眼里，小镇上公共设施的拥挤程度也足可以媲美针线大街②和百老汇南大街。所有的辅街都有很宽的人行道，枫树点缀小街两侧，在修剪得整整齐齐的花园里，马蹄兰一枝独秀地开着。有些人家把自己带阳台的房子改造成那种露台加门廊的气派宅邸。

若是某个夏天的午后，你漫不经心地朝大街上瞥一眼，会觉得这镇子是一祥和宁静之地。大街上阒寂无人空空荡荡，在太阳底下仿佛睡着了似的。格拉夫先生五金店的门前，一匹老马被拴在门前的柱子上。马屁股后面拖着一节车厢。不出意外的话，你还能看到身材魁梧、穿着方格马甲的斯密斯先生站在自家酒店的台阶上。再往远瞧，你或许能瞅见麦卡尼律师走着去取他下午刚到的邮件。还有德鲁尼先生，英格兰教会马里普斯分会的乡村主教，刚刚给一帮老大妈开完会出来，正忙着往家赶拿上自己的钓鱼竿钓鱼去。

但这种宁静是表面的。机敏点儿的人都知道，这地方虽然不大却像个小蜂巢，各种人在这里进进出出、忙忙碌碌。为什么这么说呢？在奈德里肉铺（建于1882年）的地下室

① 共济会出现在18世纪的英国，是一种带宗教色彩的兄弟会组织。
② 针线大街是伦敦的一条著名大街。

里，至少四个人在灌肠的机器前忙活着；在《马里普斯新闻邮报》的办公室里，好些人忙忙叨叨地赶着印刷的活儿；在长途电话站的屋子里，四个头戴钢帽的女孩坐在高高的小凳儿上对着话筒一刻不停地讲着。在麦卡锡街区上的办公室里，牙医和律师已经脱了外套，随时恭候光顾其生意的客人们。在湖边火车道旁的锯木厂里，一到夏天的下午，你的耳朵里一连好几个小时都充斥着冗长的锯木头的声音。

这里的人好像挺忙？——可不就是，连我自己也是这么认为的！不信你去问问住在这儿的人，问问他们马里普斯是不是一个快马加鞭、蒸蒸日上的小镇。你可以先去问兑换银行马里普斯分行的经理木林斯先生。这人每天上午十点半冲向办公室，忙得连个照面都顾不上和人打，更不会让你看见他和商业银行的哪位经理喝个茶什么的！或者你再去问问镇子上随便一个人，除了马里普斯他们还知不知道另外一个比马里普斯更忙的镇子。

当然了，如果你是从纽约城来的，你肯定容易蒙了。你认为这个镇子是个安详宁静之地。看到站在那儿的斯密斯先生的眼睛半开半合，你肯定猜他老先生是不是还没睡醒呢！但是如果你在马里普斯住上个一年半载后，你就能理解这里的人们为什么总是念叨 "这镇子是个繁华之地"这样的话了。镇子上的房子盖得越来越高；马里普斯大市场建得越来越豪华；麦卡锡的街角塔楼直入云霄；公交车一路哼哼着直奔车站；火车尖声尖气地鸣着汽笛；大街上的车一天比一天多；好些人在邮局、"五分店"①里进进出出。更甭提娱乐业在马里普斯的发展势头！棒球比赛、郊游、舞会这样的社交活动在马里普斯可谓应有尽有，样样不缺。比如说每个冬天都会在消防大厅里举办舞会；每逢周末天主教堂都要举行野餐聚会，每周三晚小镇居民自发组成的乐队在公园里演出。还有，每隔一周共济会铜管乐队都会上街吹打一番；再加上马里普斯四重奏乐队、救世军②组织的活动等——不用多问，你只需在这里住上个把月，就会意识到马里普斯镇是个热闹得能让人飘飘欲仙的地方。

在人口方面，若是非得搞个准确数字出来，加拿大人口普查局说是有5000人。但是镇子上的居民普遍认为加拿大人口普查局给出的这个数字只能说明普查局那帮人是嫉妒加不怀好意才会如此低估马里普斯的人口。一般来说，每次人口普查过后，《马里普斯新闻邮报》很快就会登出一个谨慎的数字：6000（这个数儿是根据订报却没交钱的户数估算出来的），紧接着《马里普斯时代先驱报》的编辑们经过仔细核计，给出一个数字是6500。然后为省府统计局搜集重要统计数字的殡葬承办人秦汉先生把自己手头掌握的"死亡人数"和那些让他提不起多少兴趣的活人人数比较一番，估算出个

① 迄今加拿大还有类似的连锁小店，很普遍，起名通常为"Dollaram"，意为"一元店"，里面主要卖一些价格便宜的物品。
② 出现于19世纪中叶的以救济穷人为宗旨的民间组织。

7000的数字。接下来不知什么人又把这个数字拉升到7500。最后在马里普斯市场大屋里经营小酒吧生意的男人和在他那儿喝酒的客人打赌说是9000。就这么定了！如此一来马里普斯的人口数便直奔小一万去矣。然后呢，等联邦普查一公布结果，这个数字即刻一泻千里，这也意味着又一轮节节攀高的推算演绎开始了。

不管怎么说，这个地方还是繁荣的，这一点倒也无可置疑。泛加铁路不就经过马里普斯吗——镇子上的每个人都把这事儿挂在嘴边。这事儿倒也千真万确——火车每天黑夜都打马里普斯过，只是不靠站而已。夏天夜里睡不着的时候，你可以听见西行列车呼啸而过，经过信号灯闸时发出的嘎嘎声仿佛要把马里普斯撕成两半儿！接着你听见它上了微萨诺蒂湖上的高架铁桥，在低沉的隆隆声中渐行渐远……到了冬天，傍晚时分，八点左右，自南而北驶向矿区的夜间快车打马里普斯经过，一连串卧铺车厢和餐车迅即而过，车厢里灯火通明，玻璃杯和雪白的亚麻台布以及微笑的黑人侍者和下巴夹着餐巾的百万富翁的身影在车窗上熠熠闪烁。不过，在漫天飞雪中，那镜像一闪而过，稍纵即逝。

我可以告诉你的是马里普斯人对火车经过自己镇子这一点十分自豪。即便火车不停又怎的？马里普斯不还是在火车主干线上！仅此足以让镇子上的居民感觉高人一等。马里普斯人和旁边的德坎色人和住在尼古拉斯之角的人可不是一个水平！只有在主干线上的马里普斯处在交通要道！只有马里普斯才具备大都市生活的氛围！当然了，马里普斯也有自己发的车次，就在车站停着，如果发车便是去往南边100英里远的城市。当然是真火车啦！只不过客车车厢的尾部有一个四四方方的炉子，火车开动时，你得不停地把柴火从炉子顶部处扔进去。在火车头和客车车厢之间挂着17节满载松木的平板车厢，这让列车在并轨的时候冲击力爆棚！

马里普斯的外围是农场，离镇子越远，田地显着越稀薄，看上去越贫瘠，最后只剩下林子和沼泽地以及北方地区的才有的大石头地貌。再往远，背景变成了无边无际的松树林，一直向北看不到头。

当然这个小地方并不总是一天到晚有大太阳照着，永远都处在明晃晃、喜洋洋的氛围中。实际上还从没有一个地方像马里普斯这样，四季如此泾渭分明。冬天的夜晚沉闷无比，铺着木头的人行道上凝了一层冰霜，感觉路面都快给冻裂了。商店橱窗里，灯光昏黄暗淡，过去人们用煤油灯照亮，现在虽说家家换成了电灯——电是19英里外瓦萨微比河下游的发电厂发的（瓦萨微比河上水流湍急，产生巨大的发电量）——可是等到河下游输送的电力一路"长途跋涉"来到马里普斯，然后再给送到临街铺子里那些结着霜花的小灯泡里，发出来的光已经是昏黄模糊，比点煤油灯好不了多少！

冬天过后，雪化了，湖上的冰也不见了，太阳挂得老高，穿得破破烂烂的男人从林子里钻出来，他们把自己灌得烂醉，横躺斜卧在斯密斯酒店前的人行道上。在外地人的眼里，春天里的马里普斯是一个险象环生的伐木小镇，这里的人看起来好像时刻准备着算计恐吓那些新到这个镇子的过客。其实那只是外地人不了解这个地方而产生的错觉而已。过不了多久，这些相貌粗鲁、破衣烂衫的伐木工就会换身衣服，恢复老实敦厚的农民形象。

接下来的日子，天越来越暖和，枫树抽出新叶儿，麦卡尼律师穿上了自己的网球裤——夏天来了，小镇摇身一变，变成了一个避暑胜地，这里总共七个度假小屋，每个小屋客人都塞得满满的。"马里普斯美人号"也开始了扬帆起航的旅程，船身搅起微萨诺蒂湖水，湖面上水沫儿四溅。甲板上彩旗飘飘，鼓乐齐鸣，音乐声中，帕西亚斯骑士团团员的家眷们跳起了华丽丽的舞步。

这样的快乐景象维持不了多久。天很快变短了，度假的人走了。草地旁，枯萎了的金菊花凄凉地瑟缩在花秆儿上。曾经火红的枫叶开始凋零飘落，最后化作春泥。夜是黢黑的，也是冰冷的。马里普斯大街的主路拐角处，救世军的人围着一盏油灯提高嗓门在那儿忏悔。这便是马里普斯的秋天。春夏秋冬，四季交替，马里普斯的时光轮转和其他地方没什么两样。

如果你觉得自己已经融入这个小地方了，能感受到它的脉搏运动了，那就不妨在这个6月的下午去主街上走走，或者你也可以从码头出发，走完一半的路程，你就到了斯密斯先生经常站着的地方——斯密斯酒店的大门口。你离他越近越感觉自己接近的可不是个一般人。他身材魁梧（280磅，这可是在奈德里先生的磅秤上称的），着装讲究——深蓝色的方格马甲，牧人式样的方格花呢裤子，定制皮靴加鞋罩。斯密斯的这身打扮完全可以形容为"花花绿绿，色彩极致"；还有他那张有浅色斑点的脸——引人注目，庄严神秘，令你捉摸不透。天国上的旅馆守门人恐怕也就长这样了。不过服装、脸孔都不是重点，重点是那张脸上显露出的独裁者的个性俘虏了你。斯密斯先生在他的客人面前时，像极了拿破仑站在他的帝国卫队中，无非是略逊一筹而已。

当你第一次见到斯密斯先生时，你以为自己碰上了一个穿得花里胡哨的海盗呢！看他的穿着打扮像是个演员，这之后你心不由己，盯着那个巨魁梧的身材胡思乱想，直到陷入思谋无望的境地，你意识到盯着这个酒店老板的脸去猜测他的心思比去猜隐藏在蒙娜丽莎那张脸的后面的东西要困难得多，如果你能猜出斯密斯的心思，那蒙娜丽莎的脸就是一本打开的书，一目了然；还有，与斯密斯的脸相比，普通人的脸就好比大太阳底下的一个积水的小坑，肤浅得要命。等你一杯酒下肚（当然是在斯密斯的酒吧里），他已经可以叫着你的小名儿和你唠嗑了，这让你觉得自己终于碰上了一个做酒店生意的了不起的本事人。

打个比方说，你看站在大街上的斯密斯脑袋上方的那块牌子，上面写着"约瑟夫·斯密斯产业"，简简单单的几个字，却是一个天才的小露峥嵘。在斯密斯之前经营这个酒店的那几个人，他们给酒店起名不外乎就那几个名字：皇家酒店、王后酒店，或者亚历山大酒店等，可是哪个都没经营长久。后来斯密斯盘下酒店，简简单单地写了几个大字"约瑟夫·斯密斯产业"，然后新晋店主自己往那儿一站，将近300磅的身躯，一看就是酒店业的一位领军大王。

但是今天这个下午有些不一般，大街上依旧骄阳灼灼，透着平和安宁的劲儿，可酒店大王的脸上却挂着前所未有的担心和焦虑的神情。

确实也是，那个点还真是让人焦心的时刻。原因是斯密斯正在等一封电报——一封他的律师要发给他的电报。后者这会儿正面见县城里那几个手握执照的老爷们，代表斯密斯和他们对话呢。如果你对酒店行业了如指掌，你便知道一点：如果拿枢密院的大臣们的意见和密西诺芭县卖酒执照委员会里那帮老爷们的决定比较的话，前者的意见根本就是毛毛雨。

事情挺严重。这已经是第二次马里普斯法庭要罚斯密斯先生了，起因都是斯密斯的酒吧在过了营业时间后还售酒给客人。委员会这次终于决定要动真格的了，他们勒令斯密斯马上停业，关掉酒吧。

斯密斯先生意识到自己犯了错，而且他也供认不讳，一点都没有推脱的意思。可是事情怎么竟然落到被勒令关门停业这一步呢？他无论如何想不通。真正是悔不当初啊！他究竟发了什么失心疯，大晚上地要关掉酒吧的门，搞得法官帕帕雷先生（那可是密西诺芭县的地区法官）也进不来？问题是执照法上说得很清楚，如果酒吧关门，就认定是酒吧老板关的，酒吧老板不可能让任何人替自己背这个黑锅。事实也是这样：每天晚上11点整，斯密斯先生准会从自己的那张"大圆桌"前站起身来去到酒吧门口，如果他看酒吧里人头济济，而且个个神情亢奋，人人脸色微醺，他就关上大门。如果他看酒吧里宾客稀少，气氛冷落，他就再等上个把分钟直到里面的人足够多了再关门。不过不管酒吧里人多人少，有一条斯密斯谨记在心：那就是他必须看到帕帕雷法官和做检控官的律师麦卡尼先生安然无恙地待在酒吧里饮酒作乐，我们的酒吧老板才会关上大门。可是事发当天晚上，不知怎么麦卡尼和帕帕雷就被关在门外，这两个人擂鼓般地敲着酒吧的大门要进去，可就是没人过去给他俩开门！

　　这绝对不可以容忍！一个酒店要不就好好对待客人，要不就关门！第二天检控官麦卡尼的书面通知就来了！斯密斯认罪，可他的律师坚决不认罪。帕帕雷法官这时候不但从宿醉中清醒过来，还倍儿清醒，再加上民意的力量是无与伦比的，考验马里普斯法院的时候到了，它若是发动起法庭的

"惩恶"马达，那可不得了！

也难怪站在大街上的斯密斯先生是如此焦急地等着他的律师即将发来的消息！

酒店老板站在大街上，东望望，西瞅瞅，不时从他那个绣花的袋里摸出块怀表来，眉头紧皱地"检阅"着那上面一格儿一格儿跳动的时针、分针和秒针。

实在盯得不耐烦了——要知道一个开酒店的男人，那可是相当于大伙儿的仆人——他一转身回了酒店。

"比利，"斯密斯不忘对办公桌旁自己的那个小文员说，"如果有人打电话过来，先接到吧台那边。"

斯密斯先生说话时嗓音低沉浑厚。如果普拉松或者爱德华·德雷斯克①有着在酒店业闯荡的背景，近水楼台，或许能磨炼出类似斯密斯这样的一副好嗓。其实斯密斯回酒店是要歇一会儿，顺便去酒店后面的房间会会那里的客人。在一个不熟悉酒店行业的人的眼里，斯密斯的背影是典型的酒店从业者的背影，他从那个大圆桌走到酒吧后面的那两步看起来非常沉稳。也对，我们的斯密斯先生正处在一个要给卖酒执照历史画上大胆且精彩一笔的前夜。事实上，就在我讲这番话时，斯密斯的咖啡厅弥漫着一股骚动不安的气氛，每个了解马里普斯的人都意识到此时此刻意义非凡。

---

① 普兰松和爱德华·德雷斯克都是19世纪末20世纪初期间著名的男低音歌剧歌唱家，前者是法国人，后者来自波兰。

就这样，斯密斯先生从门廊出发，绕过"大圆桌"（其实也就是一张大桌子，上面摆着一个烟灰缸）进到酒吧里。他径直往后走去，那里有间僻静的小屋，它是斯密斯休息时常去的地方——在这样一个夏天的午后，那里通常聚集了马里普斯最聪明的几个脑袋瓜。

今天，小屋里已经有四个人了，他们有点同情地看着刚刚走进来的斯密斯。谁都明白此时此刻意义重大。

木林斯还有德芙在那四个人当中。这两人都是银行经理。木林斯长得又矮又圆，脸蛋总是刮得光溜溜，看上去不到四十岁，他身穿浅灰色银行制服，头上戴着银行人常戴的小圆编帽，领带上别着金质别针，粗大怀表链子的末端挂着一枚图章，总之，木林斯的穿衣打扮是能激发起客人对外币兑换信心的打扮。德芙和木林斯一样，也是又矮又圆，脸蛋、头发同样刮得光光的，他身上的印章和头上的草帽表明商业银行和兑换银行同样靠谱，两个银行的工作人员都是值得信任的人。而且从专业人士的角度看，两个在银行做事的人既然碰见了就得坐到一起喝上一杯，这可是在马里普斯银行业混的头号原则。

屋里还坐着高中教师迪斯顿先生，在大家嘴里，他是"喝酒的那个"的代名词。很少有老师像他那样，一个人跑来泡吧。人家即使来也是有女人或孩子陪着。迪斯顿先生经常自己来酒吧喝上两口，还常独自一人进出于马里普斯大市

场和斯密斯酒店，所以，在外人眼里，这人肯定生活得一塌糊涂。每次校委会给老师加薪，一年一次，一次五六十元，一考虑到公共道德，就没迪斯顿先生的份儿了。

房间里还有一个人无声无息地坐在那里，此人脸色晦暗，一身黑衣外加黑色手套。他旁边的椅子上倒过来摆着一顶皱巴巴的黑色绸帽，这是开殡仪馆的秦汉先生。看他这身打扮显然是刚从"安葬会"上过来。秦汉先生可是非常有职业操守的人，从他嘴里，你绝对听不到"死人""棺材""灵车"这类的词。他说的是"葬礼""寿匣""灵棺"等这类比较讲究的措辞，他和人交谈时多斟酌再三，"死亡"两个字在他嘴里从来是崇高庄严的字眼，而不是拿来吓唬人的玩意儿。

秦汉先生常来酒店喝酒聊天是有他的道理的。镇子上还没有谁能像他那样对殡葬业这一行想得如此通透。照他的解释，虽然和活人打交道没啥大意思，但那是能让你拉到客户的唯一的一条路。

"人活着的时候就得多走动走动，"秦汉常常这样说，"多交几个朋友，彼此走得近一点儿，这样他们离开世界的那一天，你就不用发愁了，他会给你生意的。"

因为斯密斯现在处在一个很让人同情的节骨眼儿上，所以秦汉先生主动开口说道：

"约瑟，如果委员会做出对你不利的决定，你怎么办呢？"

"年轻人，"斯密斯说，"我现在也不知道该怎么办。如果我必须得关门，那我就搬到市里去住。可是我总觉得这次关不了门。对付什么事儿我都是个乐天派。"

"那你不能在市里开个酒店吗？"木林斯问。

"当然能，告诉你吧，现在做酒店生意是个好时候，机会很多。市里的好多酒店正忙着开分店呢。为什么这么说？你去看看就知道了！就拿开饭店来说吧，"说到这里，斯密斯用眼睛挨个扫了一遍坐在那里的那四个人，"挣个千把万不是什么问题。过去开饭店的路子已经没人用了，现在的人可不愿意像以前那样喜欢在顶棚和窗户开得高高的大厅里用餐，他们喜欢你把他们领到空气里飘浮着锯末子的连窗户都没有的地下室里，里面的侍者也不会说英语。上次我在城里时就去过这样的地方，叫什么'鼠窖'的一家餐馆。还有，如果你只想随便吃点儿，餐馆里就有咖啡馆，那可是地道的法式咖啡！要是你想吃夜宵，就去'靓女屋'，那里白天黑夜地开着。我要是搬到城里住，我就开个'靓女屋'。"

斯密斯正说着呢，手里攥着封电报的比利走了进来。

写到这儿我得打住——你可能还不理解斯密斯和他的这帮人为什么这么紧张地等着委员会的消息，可是等到我给您透露一下斯密斯过去三年里的发家史和他在马里普斯公众心目中争来的地位，你就知道这事儿有多要紧了。

斯密斯是从西班牙河的林区地带过来的，那河是个分水岭，流向哈得孙湾，马里普斯人把那个地方叫作"大北方"。

有人说斯密斯过去就是林场里一个给人做饭的厨子。不过他做厨子倒是有些本事，他煎出来的鸡蛋两面各一缕明黄，看着嫩滑可口，连他的帮厨伙计看过他煎的鸡蛋都对自己胜任厨师这行备感绝望。

后来斯密斯在船上开了一个小房间做起了留宿生意。

再往后他搞到了一个给修泛加拿大铁路的海军部队做饭的合同。

接着，整个世界就在斯密斯面前打开了，嗬！那可真是条条大路通罗马。

他来到马里普斯，买下这个以前叫"王朝酒店"内的全部家当。

能识文断字的人都明白什么是酒店内的全部家当：它除了四面外墙不算在内，里面的设备、家具，吧间连带文职伙计比利、三名女招待都算在交易范畴内。除了以上这些，还有国王爱德华七世①颁发的、后经乔治国王②认可的卖酒许可证。

这家酒店过去叫王朝酒店的时候可不是什么一等一的生意。等到改成"斯密斯酒店"，马上就容光焕发，大不一样了。

从一开始，斯密斯先生作为酒店所有者，就显露出他不

---

① 爱德华七世（1841—1910），是维多利亚女王的长子，1901年至1910年期间为英国国王。
② 乔治五世（1865—1936），是爱德华七世的儿子，1910年至1936年在位。

按路数出牌，和别人不一样的地方。事实上，他饱含激情的投入也成功了。

首先，他具备成功者的诸多潜质。

他280磅重，可以轻轻松松揪着两个醉汉的脖子把他们赶出门去而面不改色心不跳。

他口袋里有钱，足够开一家银行的钱，他可以自由支配那些钱：随心所欲地赌，随心所欲地花，随心所欲地散。

他从不让自己喝醉，但是为了在客人面前表示自己是个仗义的汉子，又总表现出不曾特别清醒（至少从表面看是这样）。客人在这里都觉得自在舒服，好多人都成了回头客。就连曾经不喜欢这里的人也开始流连忘返。所有的饮料都是5分钱一杯，要不就是2角5分买6杯。吃饭和住宿基本上免费。要是有些傻子主动去付吃饭和住宿的钱，斯密斯先生也收，不过价格以客人的脸色而定。

酒店刚开业时涌进来一大帮二流子和穿着破烂的伐木工人。斯密斯可不想做这些人的生意。他知道怎样打发这些人。他让清洁女工大军开进来，里里外外、上上下下擦了个遍。然后再上吸尘器，这地方的人还从来没见过这种呜呜啦啦响彻走廊的玩意。四十张黄铜床从城里运来，当然不是给那些穷鬼躺在上面的，而是用来赶那些人的。吧台后面也换上了衣着挺括穿长袖衬衫的侍者。

流民们跑了，这地方太高级，他们受不起！

定位于高档人群，斯密斯把自己也修饰了一番。只见他一身精心裁剪的薄料子哔叽外衣，轻飘蒙胧，仿若薄纱；外套一件花格马甲（每天都是不一样的格子）；帽子又轻又软，像是顶了片秋天的落叶；大红配大绿的领结用榛子那么大的钻石别针别好，手上戴着好几个只有身份尊贵的土著印度王子才会佩戴得起的宝石戒指，胸前挂着一串长长的金链子，链子末端吊着一磅半重的金表。表是放在马甲口袋里的，分针、秒针、四分之一秒针一应俱全。每天晚上，至少有十个人来酒吧是为了参观斯密斯的金表。

每天早晨他都去街对过儿的杰夫·索普那里刮脸。经过理发师的手艺，以及佛罗里达牌爽肤水的功劳，他整个人焕然一新。

斯密斯很快成了这地方的人物，马里普斯已经被他搞定。镇子里所有有头有脸的生意人在他这里喝酒，更别说吧台后的小屋总是聚着马里普斯那些最有头脑的精英们。

也并不是没有人对斯密斯的做派嘀嘀咕咕。那些神职人员就是一例，虽然他们认为马里普斯市场和大陆酒店是镇子上邪恶但必要实用的场所，但对于斯密斯举办的沙龙，他们斜眼儿打量着灯火通明的斯密斯酒店——酒店里塞满了那熙攘的如潮水般涌去的人群——开始在布道坛上有所表示。尊敬的德鲁尼主教率先打响了第一炮，布道时他是这么说的："万能的主啊！对税吏马太发发慈悲吧！"每个人都心知肚明他这是向斯密斯先生下了战书，是要决一生死的架势。一个星期后长老会布道给大家念："我们的王啊，你看看亚比兰[①]在撒冷王麦基洗德[②]的土地上都干了些什么？"这不明摆着是说："看啊！他斯密斯想在马里普斯做了什么？"

但是反对的声音很快就被斯密斯聪明地以处处慷慨解囊的慈善义举化解了。我猜斯密斯想起这个办法还要归功于做游乐生意的那个人。是他在某个傍晚把旋转木马拉到了马里普斯，就安在斯密斯酒店门前的一片空地上。旋转木马在那儿转呀转，哨声不停，上百个孩子围着木马叽叽喳喳，夏夜上空飘着五彩斑斓的声音。这时，头戴一顶浅顶卷檐软呢帽、一身晚装打扮的斯密斯从街角慢悠悠走过来。

"老板，坐一下要多少？"

"两个人5分钱。"木马老板回答。

"那给你这个，"斯密斯从一叠票子里取出一张10元的钞票递给木马老板，"让这帮小家伙今晚上不花钱坐个够。"

那个晚上，旋转木马转呀转，一直转到后半夜，上面坐的全是来自于马里普斯的小孩子。再看斯密斯酒店里，孩子们的父母、父母们的朋友以及慕名而来的人把酒店的吧台包围得水泄不通。他们都是听到消息来的。那天晚上光是卖啤酒斯密斯就挣了40元。也就是从那天晚上，斯密斯明白了一

---

① 原文为"Abiram"，作者故意写错，其实是指《圣经》中的人物亚伯拉罕（Abraham）。他是犹太教、基督教以及伊斯兰教的先知。

② 麦基洗德（Melchisideck）也是《圣经》中的人物。此处神父的意思是斯密斯应该把所赚的钱部分拿出来捐给教会。

条真理（好在他也没怀疑过）：做慈善总会有回报的。

打那以后，斯密斯在慈善主义的大路上走得更远了。

他乐于助人，喜欢掺和事情，而且为人不吝啬；他参加共济会，参加林场社员团，加入帕西亚斯骑士团和工人委员会。除了给马里普斯医院捐了100元外，也不忘给基督教青年协会捐了100元。

他加入交谊舞俱乐部、曲棍球俱乐部、苏格兰溜冰俱乐部，总之，啥娱乐活动他都掺和一腿，特别是那些需要有个活动场地，渴了还要找个地儿喝点什么的组织。

就这样，共济会的年度晚宴是在斯密斯酒店里举行的，帕西亚斯骑士团的牡蛎晚餐会也是在他酒店的大厅里隆重举办的。

最让人印象深刻的是斯密斯先生的慈善活动往往是秘密进行的。说白了就是偷偷捐钱，人不知鬼不觉，过了一个星期后，消息才传出来。用这样的办法斯密斯先生成功地给德鲁尼的教堂里放了一个圣水盆，也给法官帕帕雷一张一百块的票子——这下保守党员们开会时有得钱花了。

慢慢地，反对斯密斯的声音渐渐消失了。他的酒店被马里普斯人接受了。即使不喝酒的人也为斯密斯骄傲，因为他和其他开酒店的人是那么不同。某些时候，譬如某个宁静的早晨，你甚至能看见德鲁尼主教去斯密斯酒店里的"大圆桌"拿报纸看。至于救世军的那帮人，尽管依旧频繁进出于斯密斯的酒店，但不用再忍受镇子上人的指指点点、说三道四。

不过还是有一件事儿让人接受不了，那就是斯密斯酒吧的打烊时间。斯密斯本人倒是从不为这种事抓耳挠腮——关门晚跟他想多挣点钱没关系，有关系的是名誉问题。他可接受不了晚上出来遛弯儿的帕帕雷法官突然口渴却没有地方可去的事实，还有《马里普斯时代先驱报》那几个星期三晚上必须要忙到深夜的工人，让他们下班后一口酒也捞不着喝，口干舌燥没滋没味地回了家。

所以在这个问题上，斯密斯先生的道德标杆一直很简单：做你认为对的事情，无怨无悔。就这样，酒吧打烊时间一直是斯密斯本人说了算。

可是有人住的地方就有小人，在每个温暖的胸怀里总有冻僵了的蛇等着被暖和过来。要不就是像斯密斯对秦汉说的那样："就这么个不大点儿的地方竟然还有人跑去告黑状！真够恶心人的！"

一开始马里普斯法庭驳回所有控告。当庭法官架起眼镜，也没忘在自己面前摆好一摞法典，威胁前来告密的人说要把他送进监狱。马里普斯司法界普遍都站在斯密斯这边。可是，整个镇子就斯密斯一家卖酒，再加上小人没完没了地折腾，终于，告密者呈上的信息被法庭认为是确有实情，再加上帕帕雷法官不知从哪儿听说斯密斯曾经给自由党捐了一百块钱，于是马上宣布对斯密斯的指控成立，罪名是过了关门时间照旧营业。那是第一次指控。第二次就是这次，把两个法官关在门外可不是小事情！说是能引来洪水猛兽一点都不为过。言归正传，让我们回过头，看看比利，那个给斯密斯做文员的家伙，手拿电报进到屋子里。

"先生，你的电报。"他说。

"上面说什么？"斯密斯赶紧问道。

他对文件之类有字儿的东西总是摆出一副轻描淡写的样子。我猜镇子里知道斯密斯先生不识字的人最多超不过十个。

比利打开电报纸，读道："委员会限你三个月内关门。"

"我看看，"斯密斯说，"噢，是，三个月就得关门。"

大家都没说话，每个人都等着斯密斯说点儿什么。秦汉先生已经觉得屋子里开始散发出一股无助的悲观气息。

就像后来人们在记载的那样，斯密斯站在那里，盯着手里的托盘研究了大约四分钟后，开口说道：

"伙计们，他们让我关门，真是岂有此理！想关门的时候我肯定会关，可是他们要是这样治我，那就由不得我了，你们等着瞧好吧。"

除了这几句，斯密斯就再也不肯透露一丁点玄机了。

但是48小时后，整个镇子都意识到要发生点什么。一大帮木匠、砖瓦工和油漆匠聚在酒店门口。住在城里的建筑师赶来了，手里拿着蓝色的广告单；工程师赶来了，手里拿着经纬仪，他是来测量小镇的地表水平度的；一大帮不是什么"师"的工人们也赶来了，人人手里拿着把铁锹，他们只管挖土，而且个个挖得热火朝天如火如荼，好像不把酒店的地基刨出来就不算完似的。

"看谁能干过谁！"斯密斯说。

镇子上一半儿的人群都聚在酒店门口，兴奋得不得了。但是酒店老板斯密斯却是一句话都不说。马车运来了一堆堆木头，2英寸厚8英寸宽的松木托梁不停地从锯木厂里运出来。人行道上堆好的云杉木头足有16英尺高。

挖土工程的规模越来越大，尘土四处飞扬，先上横梁，再上托梁，从清晨到日落，木匠们抢着手里的锤子，敲敲打打个不停，他们加班加点，当然工钱也是平时的一倍半。

"别管花多少钱，"斯密斯和他们说，"重要的是赶紧干完它。"

新房子很快初具规模，和现在的斯密斯大酒店成一个直角。它占领了街旁的地儿，看上去不仅占地宽敞，而且高耸挺拔，一副上天入地的气势。

看得出来，新房子要安装一长溜儿窗户，看来这房子建成后将变成一座名副其实的能装不少人的玻璃宫殿。新房子下面是地下室。地下室的拱形天花板压得很低，一根给打磨得锃亮光滑就等着上油漆的横梁已经搭建完毕。大街上，七个红白两色的遮雨棚挨个矗立着。

即使这时候也没人知道斯密斯葫芦里卖的什么药。直到第十七天，斯密斯才打破沉默，透露出些许端倪。

"告诉你们吧，小伙子。"他说，"我盖的是一个咖啡馆，而且是城里那种样式的咖啡馆。那间地下室呢，要盖成类似于城里人用来避暑的叫作'鼠影凉地'的那种样式的屋子。开张的时候我要雇一个法国厨师。到了冬天，'鼠影凉地'可以改成'靓女屋'，经营方式和城里的一样。这么一来我倒要看看谁还能把它关了。"

两个星期后计划就实行了，不仅仅是建了个新的咖啡屋，而且整个酒店外围都变了模样。红白两色的太阳棚搭起来了，每扇窗户上都挂着一盆吊兰类的植物，花盆里还插上了一小面英国国旗。斯密斯酒店的办公用纸抬头一律换成"斯密斯避暑行宫"几个字。在城里，斯密斯酒店被宣传成"斯密斯旅游商业中心"和"斯密斯北方健康疗养所"。斯密斯又让《马里普斯时代先驱报》的编辑们帮忙策划了一组传单，传单内容充满了描写马里普斯的空气如何清新和松树林如何壮阔等溢美之词，旁边还配了多幅从微萨诺蒂湖捞上来的北美狗鱼的大照片。

七月刚到，一家马戏团来城里演出，马戏团到达城里的那个星期六，一大帮男人上了来马里普斯的火车，人数之多以至于塞满了每一班列车。他们左手拿渔竿，右手拿渔网，来得慌张，去得匆匆，搞得斯密斯酒店来不及登记这帮人的姓名便让他们住了进来。特别是既然这些人如此行色匆匆，卖几滴酒给他们尝尝鲜有啥大碍呢？谁会去管这种事情？

还有新建的咖啡馆，它现在成了马里普斯人的骄傲！连带那个"鼠影凉地"也算上！

咖啡馆阳光明媚，"鼠影凉地"幽静清凉。人待在咖啡馆里，呼吸着清新的空气，眼里是敞开的旋转窗户，大理石纹面的桌子，绿意盈盈的棕榈树，穿着白大褂的侍者——啊！这一切太了不起了！镇子上可没人会想到这些侍者啊、棕榈树啊、大理石纹路的桌子都是借来的，只需打个长途电话就可以搞定，只有斯密斯自己心里有数，他是如何搞来这些东西的。

斯密斯言出必行——他雇了个法国厨师，新雇厨师的脸庞颇有贵族气。他很少和人聊天，嘴唇上留的两撇小胡子看上去英气勃勃，颇有拿破仑三世的气质。没人知道斯密斯是从哪儿找到的厨子。有些人说他是个侯爵，有些人说他是伯爵，而且还特地追加解释了这两个爵位的头衔有什么不同。

马里普斯人还从来没有见过这样的咖啡馆：沿街一溜儿烧烤架子，合金的锅碗瓢盆规整成一排，客人可以自己随意挑选摆放在那里的肉排，然后交给"侯爵"大师傅，看着他把肉排扔到滚烫的铁架子上；你也可以站在一旁参观"侯爵"是如何在锅里摊出一张荞麦饼的；那些腌好后撒上胡椒粉的鸡腿，放到架子上烤出来的时候已经彻底看不出它曾经作为马里普斯本地禽类的模样。

斯密斯先生当然对自己的做事能力感到无比自豪。

"你今天打算弄点儿什么？阿尔发。"每次他走到侯爵身旁时，都会特地这样问一句。那厨子的名字，我想应该是阿尔方索，但是斯密斯觉得叫阿尔发就挺好。

侯爵递给老板菜单的同时用法语说道："先生，这是今天的菜单。"

我顺便提一下，斯密斯先生可是很鼓励"侯爵"在咖啡店里多讲法语的哟。

斯密斯接过菜单，认真审视一遍。在他心里，酒店生意配法语绝对是一巧妙搭配。我猜他也认为把法语用到餐馆经营是他斯密斯在马里普斯的一大创举。

"法语在城里常说，"他说，"不见得非得懂法语才用法语招呼客人。"

斯密斯用大拇指和其他几个指头拈着手里的菜单，可得琢磨老半天呢。菜单看起来密密麻麻，上面全是法语写的各种各样的菜式——什么马里普斯鲜汤、老板娘亲自掌勺的炒里脊、斯密斯排骨等，都是些一般人没听说过的新潮菜名。

咖啡馆最大的优势不是法语，而是价格。大家从价格中可以窥见斯密斯是一头脑简单之人——可以说简单得没救。

一顿饭2角5分，你只需花上2角5分，但凡咖啡馆里有的菜式，你都可以尝个遍。

"不会的，先生，"斯密斯语气坚决地说，"我绝对不会涨价的。你在我酒店里吃一顿饭2角5分，咖啡店也一样。"

客满？天天满座？可不就是嘛！咖啡店从上午11点开门到晚上8点半关门，都找不到一张空桌子！来旅游的、走亲戚的，再加上镇子里一半人家都来这里找座位吃饭，把这个新开业的店挤得水泄不通。碗碟"咔啦咔啦"地响，玻璃杯"叮当叮当"，木塞子"砰砰"，侍者穿着白色的衣服穿梭在店里，阿尔方索手里颠着肉排和荞麦小饼，斯密斯先生身着白色法兰绒制服，一条深红色的肩带从左到右斜挎在身上。从早到晚，咖啡店里挤满了客人，一派欢愉景色，高峰时人声嘈杂，人们大呼小叫，吵吵嚷嚷，一刻都不得清闲。

吵吵嚷嚷？是的，但是如果你需要耳根儿清净需要从加拿大夏日的喧嚣中抽身出来，去到一个僻静的、类似于掩藏在森林深处的梦幻之地的地方待着，那你可以去咖啡馆的地下室——那个叫作"鼠影凉地"的屋子。在那儿我包你能凉快：黑色古老的木头台面（谁相信那是一个月以前他们刚安上的？）上放着一个大桶，桶身上镶着黑底金边儿的几个大字："Amontilllado Fino[①]"，壮阔的啤酒杯里盛着入口绵爽的德国啤酒，还有吧台里的德国侍者静静地帮你把啤酒沫子撇掉。这个德国侍者每天下午三点钟来，然后在"鼠影凉

① Amontillado和Fino都是雪利酒。

地"里待一天。秦汉先生则每天下午四点来，一直在"鼠影凉地"待到七点才走人。对一个殡葬承办人来说，这个地儿不仅安静，还不给人以悲伤的感觉。

但是到了晚上，客人走了，斯密斯和比利两个人打开收银柜台，算出咖啡馆和"鼠影凉地"的亏空总额，斯密斯就会说：

"比利，等着吧，等我把执照的事情搞定了，我就把这个触霉头的咖啡馆关掉，到那时，我把这馆子的大门关得严严实实的，让那帮人自个儿寻思去。光我那些羊羔肉就得多少钱一磅？五毛钱一磅？我算过了，这帮猪头花2角5分吃我1块钱的东西。还有那个阿尔发，看见那张脸我就够了！"

当然，这番话是斯密斯和比利之间的秘密，外人不得而知。

我也不知道向执照委员会请愿的主意是什么时候提起的、被谁提起的。但我知道的是公众意见明显倒向斯密斯这边。也许是因为某天阿尔方索给"马里普斯泛舟俱乐部"做了顿大鱼晚宴（2毛钱一条）后，大家终于找到了抒发自己情绪的窗口。他们说像斯密斯这样堂堂正正的人怎么会被三个管执照的官儿赶出马里普斯，这简直就是胡闹！那些管执照的官儿算什么东西！看看人家瑞典、芬兰和南美的执照制度！还有，讲到酒，瞧瞧人家法国人和意大利人，一天到晚美酒不断。人家怎么就活得那么滋润？不仅滋润，还会玩音乐。再看看拿破仑，还有维克多·雨果，他们也喝大酒，可你看看这两人取得的成就!

我之所以提起这些,是想说在马里普斯,公众意见多么容易改弦易辙。男人们可以在咖啡店里坐上个把钟头谈论有关执照的事情。然后再去"鼠影凉地"就相同话题谈上两个多小时都没够。

让人称奇的是,那些看上去最不可能在请愿书上签字的人最后居然被轻易搞定。

比如说,《马里普斯新闻邮报》的胡素编辑,可以说镇子上找不出一个比他还誓死不二的戒酒令支持者,然而,"侯爵"阿尔方索只用一盘特级炒鸡蛋就让他心旌摇曳,最后在请愿书上乖乖签了字。

还有,以帕帕雷来说,要知道此人可是马里普斯鼎鼎有名的大法官,可阿尔方索用一道肉馅饼(馅儿里用的是从诺曼底运来的真正的香辛菜,味道地道且和巴黎餐馆里的香辛菜的新鲜劲儿有得一拼)治得他服服帖帖。大快朵颐过之后,法官的常识告诉他毁掉一个能做出这等饕餮美味的饭馆简直就是发疯!

同样,校委会的秘书让一道微萨诺蒂填鸭堵住了嘴巴。

镇委会的三个会员吃了一顿填火鸡后立刻转变了立场。

最后,迪斯顿先生说服主教德鲁尼来这里尝尝美食。斯密斯和阿尔方索一看德鲁尼来了,急忙端来一盘煎比目鱼,味道鲜美得就连耶稣的信徒吃了后也赞叹不已。

打那以后,每个人都心知肚明——执照问题实际上已经解决了。大街上，请愿进行得如火如荼。《马里普斯新闻邮报》社印了多份请愿书，在马里普斯每个小店的柜台上都放了一份。有些人甚至在上面签了20遍到30遍自己的名字。

请愿书写得也很对路，开头是这样的："大地给了我们丰美的果实和田园，人类从那里获得欢愉……"谁读谁的口水得冒出来，谁读谁的心里升腾起一股热浪，热到必须马上去"鼠影凉地"降降体内升起的温度。

最后，将近3000人在请愿书上签上了他们的大名。

然后是尼文斯律师和秦汉先生（他为省政府办事）拿着请愿书去了县城。就在那天下午的三点半，长途电话那头传来了消息：斯密斯的执照又给延期了三年。

太好了！可不是嘛！每个人都争着和斯密斯握手相庆，边握边赞扬他以一顶十，为马里普斯的繁荣兴旺立了大功。有人劝他去竞选镇委会的席位，也有人想推选他成为下届选举保守党的候选人。咖啡馆里变成了人声鼎沸的巴别塔[①]，就连下面的"鼠影凉地"都差点给这声音的巨浪卷走。

混乱之中斯密斯终于逮着个空儿对他的文员比利说："把收银机从咖啡店和'鼠影凉地'搬出去，从现在起，你

---

① 巴别塔，据《圣经·旧约·创世记》记载，以前人类说同一种语言，后来人类联合起来要兴建一座希望能通往天堂的高塔，意即巴别塔。塔还没建完，为了阻止人类的计划，上帝让人类说不同的语言，使人类相互之间不能沟通，建塔计划因此失败，人类自此各散东西。这个故事为世上出现不同语言和种族提供了一种解释。

赶紧把店里的账结了。"

比利问："那要不要写信把那些借来的棕榈树、桌子板凳还回去，还有，要不要写那封辞退信？"

斯密斯回答："赶紧写啊。"

那天晚上，笑声、唠嗑声还有祝贺的声音一直不歇地响着。直到后半夜斯密斯才逮空儿和比利在"大圆桌"后面房间里碰了个头。他好像变了个人似的，不但行为举止沉稳了不少，眉宇间还隐隐地闪着光，人看着突然平添了几分贵气，我猜他那是让保守党候选人的光环给刺激的。我还可以猜到的是，在那个时刻，斯密斯第一次意识到他的酒店生意就是立法机构的门槛，而他——已经迈过了这个门槛。

"这是现金柜台上的账。"比利说。

"让我看看。"斯密斯默默研究着账目上的数字。

"这是归还棕榈树的信，这个是给阿尔方索的辞退信，工钱算到昨天。"比利说。

就在这时，令人诧异的一幕发生了——

"比利，"斯密斯说，"撕了这几封信，我不打算就这样关门了事。那样做是不对的，我看我还是不要一错再错了。他们给我延期了执照是为了让我留着这个咖啡馆，那我就留着这个咖啡馆。我看没必要关了它。酒吧一天能收个40元至100元，'鼠影凉地'的生意也凑合，我们就留着这个咖啡馆吧。"

于是咖啡馆就留下来了，而且一直留到了今天，至今还杵在大街的拐角处。

需要给您提个醒的是：现在你只要绕过斯密斯酒店就能看见"淑女绅士咖啡馆"的招牌，那上面的巨幅大字十分惹眼，想不看都不行。

斯密斯还说要把店里干活的人留下来，他是这样说的，也是这样做的。

当然肯定要有些变化，不过都是些小变化啰！

先不提你现在去店里吃的牛肉里脊味道能否比得上当年刚开业那几天的牛肉里脊，就说羊排吧，如今斯密斯咖啡馆的羊排和马里普斯大市场或者大陆酒店的羊排一个滋味，没什么区别。

自打阿尔方索离开后，像"蘑菇蛋卷"这样的名菜肯定没了。别说菜了，就连阿尔方索也得卷铺盖走人，而且没人知道他是什么时候、为什么离开镇子的，反正打某天早晨起，就看不见他这个人了。斯密斯给出的解释是："阿尔发得回国见见老朋友"。

阿尔发消失后，法语在咖啡馆的应用也跟着一落千丈，不过即使这样，还是有人在讲法语，只是程度不同而已。你还是可以要一份法语发音的"牛肉里脊""卤汁香肠"等，但比利肯定是不会用法语写那些菜名的。

"鼠影凉地"呢？当然关门了，或者说是斯密斯先生主动关了它更准确，对外说是维修，实际上三年之内肯定是开不了门的。但咖啡馆还继续营业。不过烧烤撤了，也没必要留着，酒店厨房里做饭更方便些。

至于斯密斯以前说起的那个"靓女屋"，要我说压根儿就没开过张，虽然斯密斯总把"到了冬天就开业"这句话挂在嘴边，可到现在还是过过嘴瘾而已。说来大家多少都对"靓女屋"这事儿有点抵触。虽然这里的人也认为既然城里几乎每个大酒店都有一个"靓女屋"，那这事儿就没什么大不了的，可真要在马里普斯搞这么一间屋子，总有点儿……嗐！谁不知道在马里普斯这么一个地方，舆论是多么敏感！

第二章　杰夫·索普的投机事业

　　杰夫·索普成为马里普斯的公众人物是采矿热潮兴起后的事。那时候，几乎每个人都快被哈得孙湾附近新银矿地带发现的克巴特矿和豪猪矿搞疯癫了。

　　这里的人都知道杰夫，因为他在斯密斯酒店对面开了间理发店。杰夫也和大家混得很熟，因为谁理发都要去杰夫的店。每天大清早起，就有从六点半那趟特快列车上下来的生意人跑到理发店里，在理发师杰夫的手里捯饬得人模人样后再出来。一天下来，杰夫的小店总是不缺前来理发的人。

　　对于镇子上的银行经理木林斯来说，刮个脸剃个头是能让自己从睡得迷迷糊糊的状态中醒过来的一种方式。杰夫先给木林斯脸上敷上好几条湿毛巾，边边角角都照顾到，在热毛巾散发出的蒸汽中，手拿剃刀的杰夫来回移动着步子，神情严肃，像一位正在手术台上工作的医生。

　　还有，我以前说过的，斯密斯先生每天早晨都要光顾杰夫的理发店。刮完脸后，杰夫给他抹上巨多的佛罗里达牌爽肤水、兰姆水等各种各样的爽肤用品，杰夫可不需要为酒店老板斯密斯省钱。杰夫身上的白大褂，斯密斯身上的花色马甲，窗台上摆好的红色天竺葵，架子上的佛罗里达牌花露水和双重萃取香精液让杰夫这间小小的理发馆里看上去色彩缤纷得可以，奢华程度堪比苏丹女眷的香闺。

但是我想说的是，采矿业成气候前，杰夫在镇子上可不算什么大人物，可以说根本无足轻重。就比如说，他不能跟殡葬业的秦汉先生比，那可是既和死人又和活人打交道的殡葬承办人。也不能跟邮递所里管事的特劳尼先生比，他可是从联邦政府里领钱的人物，甚至一度被大家误认为是内阁成员呢。

每个人都认识杰夫，每个人也都喜欢杰夫。奇怪的是以前没人把他那些对股票的观点看法当回事，直到他从股票上狠赚了一笔。成功"出货"之后这里的人才开始意识到杰夫是个十分了不起的人；我记得镇子上的人用"脑瓜子很稳"这个词形容杰夫；在马里普斯，最有天赋的聪明人往往是那些脑瓜儿顶平得能放下一台经纬仪的人。

正如我所说，杰夫挣了钱，人们才意识到他是多么聪明。至于他赔钱的时候，大家就觉得没必要搞得这么清楚，这也不足为怪，哪里的人不都这样想问题？

还记得吗？杰夫的理发店位于斯密斯酒店的对面，是两个面对面的生意门面。

理发店的房子是木质结构——不知您晓不晓得我的意思——我指的是那种房顶上搭出一个前檐儿来的建筑物，因为只有这样整个房子才能看上去比实际高度要高出很多，也显得方正气派得多。马里普斯建筑物的风格都是这样子的，只有这样的房子才能体现现代商业建筑的特点——于人工雕琢之处略显浮夸的风格。大门口吊着一个旋转的红白蓝三色灯柱。窗户设计得老大，大到看上去和理发店那么大点儿的小门面不般配。

窗户上，"理发店"三个大字隐约可见，那还是以前马里普斯流行写大字招牌时候杰夫找人做的。从窗户外面往里望，看得见头戴黑色小帽的杰夫站在天竺葵架子后面，身体略微前倾，专心致志地给客人刮脸，鼻子上的眼镜快掉下来了都顾不得扶。

你推门，那门猛地一下子就来了动静。感觉门上的弹簧好像和谁生气似的，就连门铃的反应也要快三分！店里面摆着两把椅子，看上去死沉死沉的，像是两把电椅子，椅子前面摆着一面镜子和一个大格子，格子里摆放着十五六个给客人刮脸用的杯子。最近杰夫的客人们心里老在嘀咕是不是别人都是单独一个刮脸杯子用着，唯独自己例外。店内的一个角落里被隔开了，上面写着：冷热淋浴，5角钱。可是里面并没有什么冷热浴，旧报纸倒有一沓，外加一块墩布。"冷热淋浴"这几个字就像镜前挂着的纸板上面那几个都快掉干净的字迹：土耳其香波，7角5分；罗马式按摩，1元——这些都是增加理发店特色的元素。

大家都说杰夫是开理发店挣了些钱。也许是，也说不准他是用开理发店挣的这些钱作为本钱去投资挣的钱。但是你很难说开理发店能挣到什么大钱。刮一次脸5分钱，理个头1角5分（2角5分可以理两次头发），所以他怎么能挣到大钱？即使他同时招呼两个客人，给这个人脸上刮一下，紧接着再给另外一个人脸上刮一下，那也挣不到什么钱。

在马里普斯，刮脸可不是个几分钟能干完的活儿——只有那些城里人才浮皮潦草地干活儿——刮脸是一件让身体放松的事情，整个过程从头到尾怎么着也要用掉25分钟到45分钟才算把这活儿干利索了。

上午的时候可能还快一些。倘若客人是下午来，那刮个脸可就慢了，只见杰夫身子微微凑向挨着客人，他讲话的声音很小，调子呆板，像一个肖像画家在自言自语。剃刀在客人的脸上游走得非常慢，刮两下就停下来，然后再开始，再停下来，开始客人和理发师还能聊上几句，等到剃刀在脸上这样停停顿顿几次后，客人便开始迷糊，嘴皮子也慢了几分，最后一眯眼——睡着了。

在这样的氛围里，杰夫的小理发店变成了一个能让你正儿八经打个盹儿的地方。你让自己坐到墙边那个带扶手的木头椅子上，四下里安安静静，只有杰夫一人在那里低言细语

第二章 杰夫·索普的投机事业

39

地和客人说着话儿，苍蝇在纱窗上嗡嗡嗡，镜子上方的钟嘀嗒嘀嗒地走着，再回过头看你，脑袋都快垂到胸脯上去了，手里的小报已经掉到了地上，微风一吹，那小报沙沙作响。这场面，想想你都会觉得瞌睡虫上来了。

理发店最吸引人的地方还是这里有人能和你说个话儿、聊个天儿啥的。你想，杰夫的特长是什么？或者说，他的优势是什么？还不就是他知道很多消息。你去他的理发店，花半个小时刮个脸，听到的事情准保比你吭哧吭哧研究好几天的《大英百科全书》得到的信息还多。那么杰夫是从哪儿知道那些消息的呢？这个我也不清楚。不过要让我猜的话，我觉得多多少少是杰夫自己从报纸上看来的。

在城里没人读报！不，这样说也不完全对，也有少数城里人读些东西。但是如果你拿马里普斯人的读报习惯和城里人比，那可是云泥之别！大多数马里普斯人读报时都是从头读到尾的，而且一字不落，不仅如此，他们的读报习惯是长年累月养成的，雷打不动。所以，马里普斯人肚子里的那点知识可不是虚的，不信你叫一个大专院校的校长过来比比，肯定能让他脸红半天。你若还不信的话，就去听听木林斯和格拉夫就"中国未来向何处去"这样的话题是如何侃侃而谈的，听完你就知道我说的都是实话了。

杰夫聊天最大的特点是他和各种人都能聊得来。首先，他能找到和你聊天的路子，就好像他能算出来你想知道什么事情。利用在那条皮带上磨磨剃刀的工夫，他眼珠那么一转，心里已有了八九分把握，下一步只需附到客人的耳朵旁边悄声嘀咕一句："我可搞明白为啥圣路易队能连赢芝加哥队四场了。"——好吧，就这一句已经足够让客人心里惦记着自己得和杰夫好好聊聊这事儿。

同样他也这样和斯密斯说悄悄话，不过内容换成的是："我可搞明白为啥大伙儿都说'飞鼠'不一定能稳拿头牌了。"

杰夫要是和我这样一问三不知的人聊天，他就会不厌其烦地给我解释为什么恺撒大帝那么钟爱纯德国种的猎狗。

但是杰夫最爱聊也聊得最好的是财经消息和热钱市场的话题。那可是能帮有头脑的男人挣到大钱的话题！

我太知道杰夫聊到钱时是怎么样一副表情了！你看他，剃刀在空中停留五分钟以上，眼睛半开半闭，那神情！简直就是一个有头脑的男人脸上才有的正准备"大赚一笔"或者"清仓"的神态。买股票这事儿没别的，比的就是脑袋瓜，但凡你会看人，你就知道杰夫的脑袋瓜正是那种炒股票的脑袋。我也不清楚杰夫是什么时候、是如何开始他的投机事业的，可能打出娘胎就有这个长处也不一定。毫无疑问，他脑子里早就对运输业股票和石棉联合企业了如指掌。当他提到卡耐基和洛克菲勒的名字时你都不知道他声音有多那个：柔软得像肥皂沫儿，柔软得你甚至能听出声音里充满了对这两个大人物的神往。

我猜杰夫的投机事业是从养老母鸡起步的。那都是好多年以前的事儿了，正好他家院子后面空着一大片草地，离理发店还挺远。于是杰夫就在自家后院养了一群老母鸡。有一天，杰夫骄傲地向客人们宣布：他女人一天就卖了24个鸡蛋，买家是一水儿的来镇子玩儿的观光客。

　　不过，杰夫可是每天研究石棉联合企业和采铜业联合会的专家。在他看来，养窝老母鸡，卖儿打鸡蛋的生意和前者比起来实在是微不足道。更何况一个鸡蛋只卖一分钱，即便一天能卖两打鸡蛋，所挣的钱说出来也够人脸红一阵子的了。我猜每个人都和杰夫一样，对自己手里挣回来的那几个铜板是一样地感慨万分。不管怎么说，我倒是记得有一次杰夫和我说，他要卖掉自己的那些个老母鸡，然后把卖鸡的钱投资给市场上的芝加哥小麦，24小时后反手卖出去，只要动作快点就能赚到钱。他做到了！只是卖掉的时候连本带利全砸进去了，连带把那些老母鸡也一只不剩全赔了进去。

　　从那以后，杰夫家的鸡窝就空了，他女人每天都往外扔鸡饲料。这场损失相当于白给人刮一个脸外加半个脸的钱。不过杰夫自己倒没把这点儿损失放在心上，他的心思早飞到育空地区①的"转移"采矿业是否行得通的问题上啦。

　　我这样说你就明白为什么采矿热潮刚冲击到马里普斯，剃头师傅杰夫马上让自己投身于这股热潮之中。说起来也不

<hr>

① 位于加拿大西北部，与美国阿拉斯加地区接壤，气候寒冷。

奇怪；这就是天意！这就是老天爷轻抬手指给指出的一条路！马里普斯往北便是一个银装素裹的世界，所有人都觉得那是一片蛮荒之地。可那里有"家门口的银子"！不知道你注意到没，反正我是看见每天晚上都有向北开的快车，也许洛克菲勒、卡耐基或者其他什么大腕儿就坐在那车里，正如《马里普斯新闻邮报》上写的那样——"加尔各答财富，在我们脚下，向我们奔涌过来"。

也难怪全镇子的人都发了狂！那些日子里，大街上所有人都把"矿脉""熔炼度""沉降""储藏量""断层"这些名词挂在嘴边，马里普斯处处都在上地理课，讨论的声音嗡嗡嗡地回响在"课堂"上。好多穿着矿服、拿着经纬仪、抱着行李的男人在酒店附近晃悠。他们待在斯密斯大酒店里，手里举着块大石头，上下挥舞着，有些石头一磅就值买10杯啤酒的钱呢！

采矿热席卷了小镇！不到两个星期，人们就把罗伯森开的"铁路木业公司"的办公室隔出来一间，在那里开办了马里普斯矿业交易所。大街上的每个人多多少少手里都攥着几张股票凭证。没过多久，以前在木林斯的银行里打工的一个记账员，就是那个叫菲兹七浦（曾经被冠以"一副驴德行，干啥啥不成"的那位）的后生，他从科巴特那边发财后回到马里普斯，整天价穿一身卡其布衣服，戴一顶圆顶礼帽，喝得烂醉，在马里普斯的市场大屋里逛游，即便这样，现在的他在大家眼里也成了"努力皆有可能"的楷模。

所有人都在跟进。艾略特抵押了药店，愣是把自己塞进"特马加米双胞胎兄弟公司"的股民大军中。在五金店工作的格拉夫以1角3分一股的价格买了些"聂碧华公司"的股票，转手以1角7分的价格卖给他的哥哥，可是一个星期后又以1角9分的价格从他哥哥手里买回来。没人在乎价格！人们在乎的是机会。法官帕帕雷把自己老婆的那点钱买了"泰米公司"的股票，麦卡尼律师也烧得不轻，他用他姐姐好容易攒的那点儿私房钱买了"郁金香公司"的优先股。

后来年轻人菲兹七浦在位于马里普斯大市场后面的一个房间里开枪打死了自己，是秦汉先生用一口带银把手的棺材埋了那家伙，整个事件颇有"蒙特卡洛"①风格。

所有人都下水了，噢，对了，只有斯密斯一个人除外。他就是从北边地区来的，什么岩石、采矿、小舟，他对那些地方了如指掌。他尝过在丛林里小舟上干巴巴嚼几口粮食的滋味，也感受过喝干最后一滴威士忌时的心情（因为喝酒人知道这是五十英里内能搞到的最后一滴酒）。他在北边待着时，做的也就是倒腾土豆的生意——一次装15个车皮运到科巴特，一袋土豆也就挣5块钱吧。

斯密斯对买采矿公司股票这事儿一直都持犹豫不决的态度，但杰夫索普不同，他从一开始就毫不犹豫地把自己变成

① 欧洲摩纳哥的赌城。

股票大军中的一员。他买聂碧华公司的股票时，该公司的前景预测报告还没出来他就下手了。他一下子就买了阿比提比发展公司的100股，每股1角4分。他和强森，就是那个马车行的老板，两个人一起组成一个辛迪加①，买了美达加米湖公司的1000股，每股3分4厘，然后"卸货"给一个在奈德里肉铺做香肠的工人，百分之百的利润，也就是投进去的每一分钱都赚了一分。

杰夫可以当着你的面打开他店里镜子下面的那个小抽屉，抽屉里放着各种各样的科巴科矿业股票凭证，蓝底儿的，粉色的，绿色的，从马泰华②到哈得孙湾，凡是那些大气磅礴、引人遐想的名字都印在他那些股票上面！

从一开始杰夫就知道自己肯定是赢家。"这有啥难的！"他说，"那个地方埋着好多银矿，如果你从这个公司买点儿，再从那个公司买点儿，放在一起你就能挣钱。我不是说……"说到这儿他把手里的剪刀打开，"新手也赔不了钱。只是我了解那个地方，心思又稳，一准赔不了钱。"

杰夫过目了那么多的公司前景规划报告，还有那么多矿山、松树以及冶金厂的照片。但是我觉得他忘了一件事，那就是他从来没去过那地方，要知道从马里普斯到北面的那些银矿有200多英里呢！

① 辛迪加（Syndicate），垄断商业组织，特点为共同销售产品和购买原料。
② 原文为"Mattawa"，实则是指"ottawa"，渥太华，加拿大的首都。

事情可不像旁观者想的那么简单。我以前不了解采矿行业，直到听了杰夫对各个矿藏的分析，我才发现操纵这个行业的资本家都是些卑鄙狡诈冥顽不化之徒。放着有大钱挣的事情就是不做！就比如说那个"王冠宝石公司"吧，本来有一个很好的矿，可那帮人缺乏商业头脑，就是不开发！搁在那儿空让人嗟吁叹息。

"就是不肯好好挖挖那地方！"杰夫说，"那个矿有银子，一铁锹下去能挖出来好多！里面除了白银没别的！可他们就是不肯把工夫花在那儿！"

说完这话，他瞥了一眼自己抽屉里那些花花绿绿的"王冠宝石"的股票，恨恨地关上抽屉，脸上露出厌恶的神色。比它还差劲的是"静松公司"的股票，一个不值钱的烂股，因为缺乏工程技术，它的股东一分钱都没挣到。

"那个公司的问题是，"杰夫说，"他们不想挖得太深。他们找到了矿脉，一开始他们确实沿着矿脉往下挖了，可是越挖出矿量越少，他们就不再往下挖了。如果他们坚持挖下去，迟早下面的矿石会给挖出来的，可问题是那些人挖到一半就打住不肯继续往深挖了！"

但是最让人深恶痛绝的还是"北极星公司"，就连我本人每次听到杰夫说起这个公司，都感觉那就是刑法上的一个案例——事件摆明了就是一个阴谋！

"我买了，"杰夫说，"3角2分买的，可是从来没涨过，就像粘在那儿了。然后那帮城里人一起把它价格拉下来，拉到2角4分，我一直抱着没卖，又降到2角1分，今天早晨到了1角6分，但我不卖！坚决不卖！"

两个星期后，那只股票又跌了，还是城里那帮不要脸的家伙操纵的，这次跌到了9分钱，杰夫的决定依旧是长期持有。

"是他们干的！"杰夫不得不承认自己的投资失败了。可是他还是咬着牙说，"我不卖！"

看来邪恶和真善美的斗争从来都是你死我活的！

"它现在跌到6分钱了，"杰夫说，"但是我抱到底！就不卖它！他们甭想把我推出这个圈子。"

又过了几天，同样还是那帮不法分子搞鬼，同样是在那只股票上耍花样，它又跌了，而且跌得不轻。

"已经跌到3分钱了，"杰夫说，"但是我准备抱到底！是的，先生，他们以为他们能把它踢出股票市场，没门！我又买了强生的股，还有奈德里肉铺发行的股票，我就是要和他们玩到死！"

结果"北极星"股票被那帮人生拉硬拽，一路跌个不停。背后操纵整个事件的是那些躲在后台、心地邪恶的城里人。杰夫牢牢攥住那几张股票票证，就那么生生攥着，攥着，直到——

直到那件只有在采矿业这个行业才可能发生的奇闻怪事冲击了马里普斯。消息仿佛一道霹雳闪电，划过马普里斯镇上方的天空。《马里普斯新闻邮报》从电话里得到一条新闻：北极星公司发现了一个银矿！矿脉有马里普斯大街那么宽！它的股票已经涨到一股17元！就这价格你也买不到！杰夫歪歪扭扭地倚着小店的镜框站着，面红耳赤，手里紧紧攥着一沓北极星股票证书，总价值4万元。

这太让人激动了！不到一分钟消息就传遍了马里普斯。新闻邮报专门为这个消息出了号外刊。没多会儿工夫，想在理发店里找块地儿站着都不可能了！马路对过的斯密斯酒吧里，三个临时任命的酒保在巨大的啤酒桶前忙得不亦乐乎。

那天下午，手里持有北极星股票的股民们全部拥到了马里普斯大街出售手里的股票，到处是闹哄哄的人群，人群那个抢啊！当天晚上斯密斯的咖啡店就都开始卖牡蛎大餐了，连马里普斯乐队也被请来助兴。

还有一件怪事，那就是第二天下午，在那个叫菲兹七浦的葬礼上，主教德鲁尼念的讲稿和他两天前写的手稿完全是两个路子，他那是害怕自己两天前写的讲话稿一念出来，势必扫了小镇人民的兴致。但我认为，对杰夫来说这不仅仅是是股票涨钱的问题，最重要的是他赢得了公众对他的认可。他站在店里，嘴里一个劲儿地给坐在椅子里的客人详细描述他是怎么一直抱着那只股票不松手，历经跌宕起伏，还是"咬定青山不放松"，他说得热火朝天，连给客人刮脸的活儿都顾不上干了！他还说在那段时间里，他是怎么给自己打气，对自己说他是在完成一部伟大的伊利亚特①英雄史诗。

城里的报纸报道了杰夫，还放了一张杰夫在摩尔工作室（工作室位于奈德里肉铺的楼上）拍的照片。照片里的杰夫端坐于棕榈树下，打扮成人们印象中的采矿工的模样，手搁在膝盖上，脚下躺着一只一看就是矿上才养得住的那种大狗。照片里的杰夫，脸上闪着能看透人心的智慧。光是这张照片就很能说明为什么只有杰夫轻而易举挣到4万元。

我是说这种认同对于杰夫来说意义非凡。当然那笔钱对他也是非同小可，特别是考虑到莫拉。

我提过莫拉吗？杰夫的女儿，好像没有吧。说起来这也是马里普斯人让人摸不着头脑的地方，人们各干各的事情，互不干涉，即使父女俩，性格也是大不相同——这点和城里一点都不一样——在马里普斯想了解一个人，你得挨着个儿地打听了解，否则你是不可能了解这个人的。

莫拉一头金发，脸盘长得像希腊美女。莫拉来理发店转悠时常常戴一顶超大的宽檐儿帽子（比巴黎人常戴的那种大帽子还要宽6英寸有余）。若是莫拉走在大街上，你瞧着这女孩身穿时装（时装杂志上新近登出来的一款）的背影，看着脚蹬一双棕色长筒靴（美国的牌子）的她婷婷袅袅地拐进了电话局，肯定会觉得莫拉全身写满了"时尚"二字，这也

---

① 指荷马史诗《伊利亚特》，这里用于渲染杰夫"百折不挠的英雄气概"。

是马里普斯人人认可的，特别是他们当中的很多人都对莫拉这丫头表现出一副忠心耿耿的模样。莫拉是我以前提到过的在电话交换中心工作的四个女孩中的一个。这四个头戴钢帽儿的女孩坐在电话交换中心的高脚椅子上，手拿插线戳戳这儿，再拔出来戳戳那儿，就像用电不花钱似的——我这样颠来倒去地说个没完，只是想让你明白，为什么那些过来做生意的人总是跑去电话交换中心，装模作样地打给那些根本就不存在的地方，其实他们只是想在电话交换中心多待一会儿。他们看上去彼此是那样和气，让人不由得认为这些男人个个都是一等一好脾气的绅士。等莫拉下班了，接班的是长得像黄脸婆似的克鲁小姐，那些做生意的男人们马上就消失了，像是秋天被风卷走的黄叶，消失得痛快着呢！

这就看出人和人的区别了。比如说莫拉，她可以把情人们当狗，手里拿着个香蕉皮在他们的脸上呼扇来呼扇去，以此来说明她是个多么自强自立的女人。可这事若是换作那个黄恹恹的克鲁小姐来做，一准男人们就会告她骚扰罪，招呼警察把她逮起来，谁还会想着她刚买了本价值四角钱的古代历史书来提高她自己修养这事儿！

此处请允许我提醒一句，我并不是说莫拉是个肤浅轻率的女孩，她压根儿不是那种人，相反，她是个极有天分的女孩儿。莫拉在卫理公会举办的交际晚会上背诵《乌鸦》[1]的表

---

① 美国诗人艾伦·坡的一首著名诗篇。

演可以说完美无瑕，外人挑不出一点儿毛病！她在高中音乐会上扮演《威尼斯商人》里的鲍西娅，马里普斯人都说他们分辨不出来谁是鲍西娅，谁又是莫拉。总之，这姑娘是个天才！

不出所料，杰夫一发财，莫拉第二天就辞了工作，人们都知道她马上要去戏剧学校学习三个月，然后成为一个顶尖的演员。

就像我说过的那样，大家伙对杰夫开始认可这事儿可不是一桩小事。你得到了一个东西，马上就有另外一堆东西找到你——所谓有千里马就会有伯乐！这就是为什么发财一个星期后，杰夫收到了一个"古巴土地开发公司"寄给他的大包裹，包裹里夹了一堆色彩艳丽和古巴有关的照片，照片里有一望无垠的香蕉地，大得离谱的庄园，举着大砍刀的造反的人们，还有一些只有老天爷能看明白的东西，这样看来连古巴人都听说了杰夫的事迹，知晓了杰夫这个名字。管他呢，不过一向谦虚的杰夫可不会去和人解释，毕竟，如果你一旦混进了富人的圈子，你就是混进去了！现在杰夫才明白为什么卡耐基、洛克菲勒还有摩根彼此熟络得很，那是必须的啊！

我是觉得这个关于古巴什么的资料也是摩根集团公司邮过来的。马里普斯有些人猜是，有些人猜不是。到现在也没争出个谁对谁错。

不管怎么说，从那些人给杰夫的信上看可以看出古巴人民还是很直率的：他们邀请杰夫去古巴，成为他们当中的一员。也是！换了是你的话，意识到自己碰上了一个有头脑的男人，你就应该做到心悦诚服地和那人共谋大业，与其摇摆不定斟酌再三，亲眼看着那人靠自己的本事一步步当上了总经理，莫不如一开始就直截了当地给他写封信，力邀他来一起干件大事儿。

古巴人就是这么做的，他们没有犹豫再三举棋不定，而是直接写信给杰夫。信可能是从古巴发的，也可能是从纽约的一个邮局发出来的——这都是一码事，因为古巴离纽约很近，近到古巴所有的信都是从纽约发出去的。我猜某些国家的金融要比古巴慢得多，因为你必须提供担保书之类的证明文件，但是这些古巴人，你也知道的，他们具备西班牙人身上的那种热情气质，这一点你在美国的生意人身上可看不到，这种热情特感动人。他们也不要担保书什么的，只要把钱寄过去即可。用什么方式寄也没关系——快递，银行汇票或者支票，你自己看着办！古巴人是不会干涉这些事情的。这跟古巴那些绅士们之间如何打交道是同一个道理。

古巴人对自己企业的介绍也很坦诚：农场里的香蕉和烟草都是从那些造反的人手里收回来的，这些你都能从那些照片上看出来，那些烟草农场和造反的人都在照片上面。他们也没轻易许诺什么，只是说企业的收益在百分之四百，还说也许未来也可能会比百分之四百这个数少点儿，不过从目前看还没任何迹象表明收益会少于这个数。

　　一个月之内，马里普斯每个人都知道杰夫·索普已经插手"古巴那些地"了，而且新年之前就能赚50万元。这个消息传遍了整个马里普斯，你不可能不知晓。杰夫的小店里贴满了香蕉园和哈瓦那港的照片，还有那些古巴人，他们穿白色衣服，戴红色飘带，在太阳底下抽着雪茄，一副傻乎乎的模样。看来这些人对种一棵香蕉树就能赚百分之四百利润这事儿压根儿一无所知。

　　我还喜欢杰夫身上一点，那就是即使发了财他还是没放弃自己的老本行——理发，每天还是照常开门营业。有一天，开马车行的老板强森进了理发店，手里还拿着500元，他让杰夫帮他问问那个古巴什么会的会长能不能让他加入那个协会。杰夫接过那500元，放进抽屉里，然后给强森刮了脸，刮完后按老价格收了他5分钱。几天后，强森就收到了一封古巴人民给他的信，信是从纽约发来的，那些人只收了钱，一个问题都没问强森，因为他们只认强森是杰夫的朋友，其他一概不关心。能收到这样一封信，强森当然很骄傲。古巴人在信里大大方方地说杰夫的朋友就是古巴人民的朋友，所有寄给他们的钱他们都会很用心管理，就像管理杰夫的钱一样。

　　杰夫没有放弃理发师这行也许还有个原因，那就是他可以在理发店里和大伙儿谈谈古巴这个国家。你瞧，马里普斯这地方的人都知道杰夫卖了科巴特的股票后就投了古巴那些地——杰夫的这一举动相当于给自己戴了一圈闪烁着财富、神秘和异域风情的光环——噢，就好比地处异国之乡的西班牙。也许你身边也有这样的人。不管怎么说，镇子上的人开始问杰夫古巴的天气状况，什么是黄热病，黑人看上去是怎么样的。他们问杰夫各种各样关于古巴的问题。

"这个古北①嘛，好像是个岛。"杰夫当然也会解释。其实每个人都知道岛屿很容易出让，由此发大财的——"在那里种果树，古北人说长得可快了，快得你都没办法。"接下来杰夫就会给你分析种植园会遇到的种种技术问题。直到你开始纳闷他是怎么知道这些事情的——这事儿有点儿神奇。话又说回来，有钱人总是对这些事情了如指掌。瞧瞧摩根和洛克菲勒，还有其他那些富豪，他们肯定和杰夫一样，对能让他们发财的国度了如指掌——这倒也合情合理。

杰夫还是干着老本行，我是说过杰夫还是按老套路给客人刮脸这话吧？不过现在的杰夫给客人刮脸和以前还是有点区别的，区别就是多了点梦幻色彩，掺了点说不清的新东西。特别是杰夫不再像以前那样，说话的声调从头到尾都不变。他现在不说话，若有所思，这一点很容易让人误解，特别是我这样的人很容易就误会他。我觉得是因为他发大财了，所以人多少变了——你也知道的，在大城市，钱可是能改变人的。外人要是知道杰夫内心里十分清楚马里普斯的小店

① 杰夫没文化，把"古巴"说成"古北"。

和阳光比那些石棉和香蕉园好得多，可却把心思全都给了后者，那估计他在镇子上的形象就要大打折扣啦。

说实在的，我也反感他老是执迷于那些大资本家的事迹。他总是能在报纸上找到关于他们的报道。

"我在哪儿看到说卡耐基给某某天文台捐了5万美金。"他有时候这样嘟囔。

要不就是哪天他给人刮脸时突然停住了手里的活儿，用几乎听不见的声音说："你在报上看到关于洛克菲勒的报道了吗？"

有一天晚上我去杰夫家拜访他，也是打那天晚上起，我了解到杰夫的心思。杰夫的房子——我以前提到过的——就在理发店的后面。从理发店的后门出来，穿过那块种着喇叭花的草地，就到了那房子。若是晚上去，你还可以看见从百叶窗后面漏出来的灯光，你穿过纱门进到房间里面——杰夫晚上关了店门后就会来这里坐一会儿。

房间里有张桌子，就是那种女人常常用来放碗筷吃饭的平常桌子，吃完了饭，撤了碗筷后再重新在桌子上铺一张花格台布，台布上放上带灯罩的台灯。杰夫就坐在桌子旁边，戴好眼镜，把报纸铺在眼前，寻觅卡耐基和洛克菲勒的消息。他的老婆挨着他在做针线活，还有莫拉，如果不是去电话交换中心上班，她通常是胳膊肘支在桌子上，读着玛丽·科雷利①的言情小说。不过因为老爸发财了，所以她现在看的是戏剧学校的招生简章。

我去的那个晚上——我不知道报纸上什么东西惹得杰夫发这番感慨的——杰夫放下手中的报纸，话题转到了卡耐基身上。"这个卡耐基，我打赌，是个有钱人。"说完这句话，杰夫开始做闭目沉思状，"如果他全卖了的话，差不多有200万元。还有洛克菲勒和摩根，两个人随便哪个都有几百万元的身家。"

说到这儿我得加上一句，在马里普斯，如果你想知道一个人值多少钱，就想象一下那人把所有的东西都拿出来拍卖，看看值多少钱，这是唯一能用的办法。

"看看这些人，"杰夫继续，"他们是赚钱了，可是他们怎么花钱呢？散钱！散给谁呢？就给那些不想要钱的人。每次都是这样。他们把钱送给教授，给这个那个研究机构，可是给穷人吗？门儿都没有！"

"我和你说，小伙子（实际上没有一个年轻人在场，但是在马里普斯，但凡发表重要言论时，你得想象听众就是一帮年轻人），如果我能从古北岛挣100万元，我就把挣来的钱都分给穷人，是的，分成100份，每份1000元，就给那些穷得叮当响的伙计们。"

---

① 玛丽·科雷利（Marie Corelli 1855—1934），著名英国小说家，畅销书作家。

那天晚上我明白了杰夫的那些个香蕉究竟是为何目的种的。

事实上，打那晚起，杰夫再也没有和任何人提起过他那个"散钱"计划，但还是有一些蛛丝马迹显露出来。比如说有一次，他问我一间盲人收容所能装下多少个盲人，还有，怎么才能找到那么多的盲人；如果通过登广告找那些残疾人，得登多少份广告才能被人注意到。我还知道他让尼文斯，就是那个律师，给他起草了一个文件，文件上说要给密西诺芭县每个痴呆人士一英亩的香蕉地。

但是，胡嚼杰夫的那些想法有啥用呢？谁还会在乎呢？

事情总有个到头的时候。即使是在马里普斯，还是有一些人能想明白这句话的。不然为什么木林斯神经兮兮地赶着以4万元的价格卖掉了那张纽约的汇票？还有，为什么斯密斯就是不肯付给比利拖欠的薪水，比利问他要钱也就是想在古巴那些地上投点儿钱。

噢，是了，某些人肯定是提前知道了什么。可是当崩盘来的时候很安静——从来没有这么安静过——那可是和北方之星矿队、牡蛎晚宴，还有马里普斯乐队整出的动静完全不同。安静得出奇，简直就是两码事情！

你记得纽约发生的那起古巴土地诈骗案吗？还有戈麦兹枪击警察和莫来兹携20万元巨款潜逃的案子吗？噢，你当然不会记得！原因不外乎连城里的报纸也只是寥寥几句提了一下，况且，那两个人的名字多难记啊。那两个人骗走的钱里就有杰夫的。木林斯从一个经纪还是不知道谁那里得到一份电报，他转而把电报给杰夫过目，那个时间点杰夫正准备和地产经纪去看后山上的一处空地，他想在它上面盖间用来收容残疾人的房子。

杰夫看了电报后，一声不吭，步行回了理发店——你有没有见过一只被胖揍一顿的动物走起路来垂头丧气静静悄悄的样子？

自打那时候起，说起来也是很久以前了，理发店每天都开到晚上11点才关门，杰夫是为了还上那500元，就是那个马车行的强森要杰夫给古巴人民寄去的那500元。

好可怜呐？！呸！呸！这么说你还是不了解马里普斯人。杰夫还是得工作到很晚，但那有什么可怜的！真的没什么大不了的！谁不是这辈子都得辛辛苦苦地工作？莫拉也回了电话交换中心工作。常年在电话交换中心转悠的那帮人当然要心花怒放一把——这下又能见到莫拉姑娘了。莫拉自己也表态说：她现在痛恨舞台！真不知道那帮女演员是怎么熬过来的！

不管怎么说，事情也不是太糟糕。因为就在这个时间点上，斯密斯先生的咖啡馆开业了。他径直去找杰夫的老婆说自己以后每天从她这儿买7打鸡蛋，而且要老母鸡刚下的新鲜鸡蛋，所以呢，杰夫家又养了一群鸡，比原先还多了几只。

鸡们每天早晨都下蛋，而且看得到它们对下蛋这事还挺乐意，如果你想在理发店里谈论洛克菲勒，鸡们"咯咯"叫的声音都能盖住洛克菲勒的名字。

第三章　帕西亚斯骑士团游湖记

　　7月的清晨，6点半！"马里普斯美人号①"泊在码头，甲板上彩旗飘飘，"美人号"蓄势待发，随时准备起航。

　　今天是"美人号"远行日！

　　7月的清晨，6点半！微萨诺蒂湖水在阳光下水波不兴，像一面镜子。清晨的太阳照在湖面上，折射出宝石般的光芒。远远地，湖水上方浮着最后一点儿薄雾，像是丝丝缕缕的碎棉花条。

　　千鸟长长的叫声在湖面上回响。空气清新凉爽，静默的松林和流动的水波焕然一新。这就是晨光中的微萨诺蒂湖！沐浴在此情此景中，千千万万别和我聊意大利的什么湖，也别和我讲蒂罗尔山区②和瑞士阿尔卑斯山，我统统不要听！只要能让我沐浴在微萨诺蒂湖的晨光中就足矣。

　　远行日，夏日清晨的6点半！甲板上旌旗招摇，马里普斯人拥向码头。头戴高帽、身背各种乐器的乐队成员们随时准

① 下文有时简称"美人号"。
② 奥地利西部的一个省，山色旖旎，风景秀丽。

备演奏起来！此时此刻，请别和我提威尼斯嘉年华和新德里见面仪式的热闹场面，千万别！我没兴趣！我甚至会闭上眼睛。此情此景，还有那些湖光山色瑶池美景，让我觉得"马里普斯美人号"这是要踏上一场涉足雾气缭绕的印第安人岛的探险之旅。什么意大利仪仗队，什么白金汉宫卫兵游行，我统统不稀罕！我眼里只有仪容整齐的马里普斯乐队，还有帕西亚斯骑士团里那些身戴围裙、胸别像章、手里挎把野餐篮子、嘴里叼根花5分钱买来的香烟的团员们。

夏日清晨6点半！码头上人群攘攘，码头旁泊着半小时后就准备扬帆起航的"美人号"。请注意！我是说这条船半个小时就要起航了！它已经鸣了两次笛（一次在6点，一次在6点15分），分分秒秒之间船就起航了！克里斯蒂·约翰逊马上就要踏进操舵室里，长拽鸣笛的绳子，他的这一举动表示半个小时后就要开船了，每个人都得做好准备。这时候就不要想着跑到斯密斯的酒店去买三明治，也不要傻乎乎地爬坡到希腊人的店里（在奈德里肉铺的旁边）去买水果。如果那样你就被甩下了！还有，千万别去操心自己有没有带三明治和水果！反正斯密斯先生挎了一篮吃的，够一个工厂的人吃了，篮子里肯定有三明治，你甚至听得见从篮子里传出来的咣当声。斯密斯的身后是他咖啡店的德国侍者，手里也挎着个篮子，看都不用看就知道那里面装的是啤酒。斯密斯酒店吧台的领班则跟在德国使者的后面，他两只手里倒是什么也没拿。不过别急，熟悉马里普斯的人都知道，这人看上去是两手空空，无所事事，其实他宽松的衣服下面藏着两大瓶威士忌呢。一个衣服口袋里揣着两瓶威士忌酒的人走起路来姿势有多奇怪，这点我不说你也知道。在马里普斯，远行日带啤酒上船没什么问题，也符合大众立场，但是说到威士忌，就得夹点儿小心了。

我有没有提起斯密斯先生也在船上？嗐！这还用问吗？该来的人都来了。船上有为《马里普斯新闻邮报》工作的胡素编辑，就是特地在大衣上别了一朵蓝色缎花的那位，他是帕西亚斯骑士团（骑士团的纲领就是戒酒）的一员。船上还有木林斯，兑换银行的经理（这位也是帕西亚斯骑士团里的骑士），他的屁兜里塞了一小瓶特级伯格蓝酒，看来他是打算以身作则，给骑士团的章程修改一下。那边的德鲁尼先生，他可是受过勋的主教。主教手里拿着渔竿（那是为印第安岛上岩石缝里你从来没见过的青鲈鱼准备的）、拖钓绳（那是为北美狗鱼准备的）、网鱼的小网兜（那是为梭子鱼准备的），当然了，主教还拽着他的大女儿莉莲·德鲁尼（"万一碰上小伙子呢"）。还有，说起钓鱼，镇子里谁都比不上德鲁尼主教的钓鱼之道和对它的热爱。

也许我在这儿应该解释一下什么是骑士团远行，这可不是小圈子事件。在马里普斯，每个人都参加了骑士团，这就和每个人都参加了其他组织是一样的道理（这也是待在小镇的好处，和城市是如此不同——每个人都有份参加任何组织）。

比方说，你应该在3月17日①那天出门瞧瞧，那天，人人都给自己披上一条绿色绶带，看上去喜气洋洋，人群里欢声笑语响成一片。想想凯尔特人的性格，想想他们说起本土自治的话题时的样子。

到了圣安德鲁日②，镇子上的每个男人都戴上一朵蓟花③，见面就握手，眼神里全是苏格兰式的诚实厚道。

到了圣乔治日④，好吧，英国人诚恳厚道，谁说英国人不招人待见呢？

到了7月4日⑤，镇子上半数以上的商店都挂上了美国星条旗。突然所有的男人开始抽雪茄，大谈特谈罗斯福、布莱恩和菲律宾群岛。这是你才打听到杰夫的祖上是从马萨诸塞来的，他叔叔就参加过邦克山战役⑥（肯定是邦克山没错——杰夫老是赌咒发誓地对人说那一仗是在达科他州打的）。你还

① 3月17日为圣帕特里克日（St.Patrick's Day）。圣帕特里克为爱尔兰地区的圣人及守护神。圣帕特里克日是爱尔兰地区的重大节日。

② 圣安德鲁日，圣安德鲁为苏格兰地区的圣人及守护神。每年的圣安德鲁日（11月30日）苏格兰都要在这一天庆祝苏格兰文化。

③ 苏格兰地区的区花。

④ 圣乔治日，圣乔治为英国的圣人及守护神，圣乔治日（4月23日）为英国的节日。

⑤ 7月4日为美国独立日。

⑥ 美国独立战争早期在马萨诸塞州进行的一场战役。这里杰夫坚持说邦克山位于达科他州，实则错误。

听说乔治有一个妹妹嫁到了罗彻斯特（据说他妹夫还混得不错）。事实上，乔治也去过罗彻斯特，时候离现在不远——八年以前。噢，7月4日这天，你能想象到的最美国的镇子就是马里普斯。

但是等等，如果我的讲述让你担心，疑惑马里普斯人是否还把自己和大英帝国牢牢地拴在一起，那你就等到这个月的12日①。那时候每个人大衣上都别着一个黄飘带，那是奥兰奇协会发起的游行（每个人都参加了）。多么忠心耿耿的人群！那一年威尔士王子来加拿大，从东往西坐火车横穿这个国家，还记得奥兰奇协会的人在月台上迎接王子时宣读的致辞吗？我猜那篇致辞肯定已经回答了你的疑惑吧！如此你便明白为什么镇子上的每个人都参加了帕西亚斯骑士团、共济会和长老会，他们参加雪地鞋俱乐部和女子联谊社也是这个道理。

说到这里，"美人号"又鸣了一下汽笛，这次是提醒乘客差一刻就七点了，汽笛声不仅高亢，还冗长。都这个点儿了，那些现在还没到码头的乘客肯定赶不上了，除非你能在最后的十五分钟上了船。

码头上和"美人号"上都是乌泱乌泱的，这条船能装下这么多的人本身就是个奇迹。这也是"马里普斯美人号"令

_____
① 此处及下文指7月12日奥兰奇协会会友举行的活动，纪念这一天英国威廉三世（1650—1702）战胜詹姆士二世。

人啧啧称奇的地方。

我从来没想过"'马里普斯美人号'这样的蒸汽船是从哪儿弄来的？"这样的问题，也不知它的答案。"它是贝尔法斯特①哈拉德和沃洛夫造船厂造的吗？"或者换一种问法："这船难道不是哈拉德和沃洛夫船厂造的吗？"这问题搁谁也不是一下子就能回答上来的。

"美人号"和马里普斯镇一样，都有一些奇怪的特点。比如说，船的大小仿佛能变来变去，如果你是在冰天雪地遍地琼瑶的冬天里看这条船，它泊在码头一动不动，船舱窗户上挂着一小堆一小堆的雪，那时的它看上去只有胡桃大小，感觉有点儿羸弱，像是个生了病的小东西。但是到了夏天你再看它，特别是你在马里普斯待了一两个月后，某天在湖上划小船的时候经过它，那一刻，你眼里的"马里普斯美人号"称得上威猛高大，流线型的船帮让你觉得它和"路西塔尼亚号"没什么区别。你只能感慨一句：都是大轮船啊！

就是你知道"美人号"的尺寸也无济于事。它全长十八英尺，好像还多点，至少多个半英尺吧。如果某趟出行载人很多的话，那船尾处又能多出足足两英尺的样子。它停在码头上的时候，你去甲板上参观一下：船上一溜儿的窗户，全都关得紧紧的，船舱后面的甲板上摆着一张长桌，长桌上摞着椅子。长桌往前则是乐队站成一圈儿的地方。掌舵舱的部

① 北爱尔兰重要港口，造船业发达。

位看上去要高些，舱身上写着几个金色的大字，舱顶上乱放着旗杆、钢索和旗帜。每层船舱都有卖三明治的地方。甲板往下，也就是吃水线以下，是船员休息室和发动机底舱。甲板下面的所有的台阶，还有楼梯和通道都堆满了木头块儿。——哦，我猜这船绝不是哈拉德和沃洛夫造船厂建的。那样的造船厂造不出像"马里普斯美人号"这样的蒸汽船。

即使像"美人号"这样的巨型船，一下子也不可能装下船里的这些人和码头上的人。于是人群分成了两组，一组是参加远行的人群，另一组是不参加远行的人群。镇子上所有的人都来了，不管是因为哪样的原因，反正他们都来了。要么待在船上，要么站在码头上。

兑换银行的两个出纳员肩并肩站在码头上。其中的一个，就是那别着一个贝壳别针、长了张马脸的人，他是要上船的。另外一个人，也是别了个贝壳别针，也长了一张马脸，不过他不上船。《马里普斯新闻邮报》的胡素要去，但是站在他旁边的弟弟不去。莉莲·德鲁尼去，但是她妹妹不去。人群里也是这样分的，一拨去的，准备上船；一拨不去的，留在码头。

想想那天早晨应该是有征兆的。

造化弄人呀！

这些人，那么急燎燎地要上船，有些人甚至是一路奔跑着上船的，仿佛生怕自己错过了这场汽船失事似的。船长吹响了哨子，郑重地警告他们再跑不上来就甭想上船了，如果真是这样，那他们也就避开这次事故了！可是当时的实际情况是每个人都急吼吼的，仿佛生怕自己赶不上那场事故似的坐到了船上。

也许这就是生活的真实写照吧。

最让人称奇的是，那些误过了开船的人——有些是自己不小心忘记了，有些是因为被什么事或者人拦住了——事后回想起来，那些人总不忘和别人念叨念叨出事那天自己是怎样逃过一劫的。

有些例子真的是很不一般。比方说尼文斯，那个律师，避开了那场事故是因为那天他待在城里。

托尔斯，那个裁缝，他原本就不打算去，所以一直睡到八点。因为没去，所以他事后才可以对人说：自己本来五点半的时候醒了，也想起今天是"美人号"远行日，可由于某种说不上来的原因，他觉得还是待在家里舒坦点儿。

还有约多，那个拍卖商，他不去的原因就更让人费解了。一个星期前他和共济会的人一起乘火车出游了一趟。两个星期前他参加了保守党的野餐聚会，可这次他就是打定主意不去。实际上，他是压根儿就没这个打算。后来他说，远行日的头天晚上，有人在聂碧华街和德坎色街的拐角处拦住了他（地点交代得很清楚！），问他：你明天参加郊游吗？他回答起来也很利索：不去。十分钟后，又有人在达尔豪斯街和布洛克街的拐角（不信他可以领大家去那个拐角）拦住他问：哎，你明天参加郊游吗？他又回答了一次：不去。两次回答连声调都是一模一样，一点没变。

他还说当他听到"美人号"出事的消息，第一个反应就是双膝跪倒，感谢冥冥中神的安排。

莫里森也是差不多的情况（就是在格拉夫五金店干活的那个人，娶了汤普森夫妇的一个女儿）。他事后说自己最近老是看那些关于意外事故的报道，什么矿井坍塌飞机失事输油管道泄漏，看得多了，就有点神经过敏。"美人号"沉没的头天晚上，他老婆问他："你去吗？"他说："不去，我不想去！"接着又补了一句："也许你妈妈想去呢！"第二天日暮时分，消息传到镇子上，他说当时自己的第一反应就是："汤普森夫人在那条船上。"

他当时就是这么说的！就像我写的这样，一点迟疑彷徨都没有。他说在他的脑子里，自己的岳母绝对不会上"路西塔尼亚号"或者"奥林匹克号"或者其他什么船。他敢肯定自己的岳母就是上了"马里普斯美人号"。他还说当时的情况是，哪怕有人轻轻戳他一下，他都能瘫软在地上。不过幸好没人这么做。后来他连滚带爬地去救岳母，走到半路就浑身酸软没了力气，那个时候如果有人想揍他一顿或者踢他几脚那是相当容易。看来那些想修理他的人错失了良机。

不过，照我说，不管是约多，还是莫里森，还是别的什么人，谁都没有想到有一场事故即将发生，直到太阳落山他们才……

说到这儿您先等等，容我多句嘴——您有没有听到过一条蒸汽船发出的威震八方的汽笛声，雄浑的声音从两英里外湖面上方飘浮的薄暮中传来，由不得你不侧耳细听，默默地数着那汽笛究竟鸣了几下，同时心里猜测着那船走到哪儿了。可就在此时，天空中一道猩红色的信号灯闪过，紧接着镇子里的救火警铃大作，人群俄而向码头冲去。这一幕幕，你见过吗？听过吗？

可这就是马里普斯人在那个夏天傍晚的所见所闻。他们亲眼看着那条叫"麦基诺号"的救生船被抛到湖面上，船两侧各有7条桨板，14个男人每划一下，湖面上便水花儿四溅，跃上船帮。

哎呀，我可不能这样讲故事。真正的讲故事的艺术应该是在事件发生前不透露任何一点端倪。可是如果你本人对那个叫马里普斯的地方很熟悉，不管是要动笔写下发生在马里普斯的故事，还是这故事是别人讲给你听的，故事里的情节啥的马上就会浮现在你的脑海里，栩栩如生活灵活现。比如说这次"美人号"出行事件，由不得你心里不去拿早晨拥挤的要去远行的人群和晚上"美人号"归航时发生的一幕对比，思前想后欲罢不能。

还是暂时别提那场事故了！让我们先回到早晨的时光中来。

船是早上7点出发，时间上没问题，说七点发船可不是为了过过嘴瘾，而是不早不晚整整7点出发。《马里普斯新闻邮报》的通告是这样写的："船7点整出发。"贴在密西诺芭大街电线杆子上的广告开头这样写道："啊！让我们去印第安小岛吧！"结尾的时候强调了一句："船7点整出发！"就连码头上也贴有一张很大的通告，上书几个大字："船7点准时出发！"

所以7点钟刚到，船就开始鸣笛。高亢的声调拖得老长，到了7点15分，船连响三声，这三声听上去很短，却带着不容分说的意思，到了7点30分，船鸣了一下，声音依旧短而急促，好像和谁生气似的。终于，水手们解下最后一根缆绳，帕西亚斯骑士团的乐队成员紧跟着奏起那首《永远的枫叶》，"马里普斯美人号"在如云般的彩旗中缓缓驶离了码头。

我看所有的郊游活动一开始都是一副没着没落的架势。此时的"美人号"上，人人手拎折叠椅、小凳子以及当板凳使的柳条筐子上蹿下跳，就是为了观察个"风水宝地"安顿下来。这么一想，好多人往往是刚坐下喘口气，就想到可能还有更好点儿的地方，于是赶紧让自己站起来继续火烧火燎地四处观察。那些上了船就上蹿下跳占领了阴凉地儿的人，甫一坐下就一本正经地说他们上船可不是为了花钱找冻，紧着别人高兴。那些待在大太阳底下的人也发话了，说他们上船可不是为了花钱找晒，烤得迷迷糊糊。马上又有人接着说自己上船可不是为了花钱找呛，多吸几口煤烟。还有人说我上船可不是为了花钱找震，让船上的推进器折腾得死去活来。

埋怨归埋怨，每个人还是在船上找到了属于自己的位置。那些上了年纪的妇女老早就躲进下层甲板的客舱里，关好窗户，围坐在桌子旁妥妥地织起了毛线活儿，就像人家自己讲的那样——船上和家里没什么区别。

下层甲板的前面部分是船上的脏乱差之地，船锚和盘成一堆的缆绳扔了一地，那帮年轻人、身体壮实的老爷们还有乐队都跑去了那里待着。

主教的女儿莉莲·德鲁尼和高中教师劳森小姐则待在上层甲板的后部。劳森小姐手里拿着本德语诗集（好像是歌德的）。除了两位女士，银行出纳员帕普金和一群年轻人也挤在那里。

上层甲板中间的某个地段，德鲁尼主教和医生挨船舷站着，两个人轮流从船上的固定望远镜的镜头里向岸上眺望着什么。

驾驶舱前面的那点儿空地上站着一群上了年纪的人，里面有木林斯和德芙，还有斯密斯。后者给自己找了把椅子，舒舒服服地坐在那里，秦汉先生则搬了个小凳坐在他旁边。这样的郊游永远也落不下秦汉先生，他的原则是：天大地大，生意最大！谁能知道这样的水上"爬梯"①会发生什么呢？（所谓"天有不测风云，人有旦夕祸福"！）无论如何，机会总是给有准备的人。所以，秦汉先生特意穿了一身黑色套装。当然了，不是那种特黑、特职业的衣服，而是那种像是给燎了一下的纸，轻而薄的贴身面料做的衣服，看上去既带点儿喜气，又称得上庄重得体。

"没错，"秦汉先生一双戴着黑手套的手没有目的地向岸上挥舞着，"我对咱们这个湖，可以说是摸得门儿清！这个湖的犄角旮旯我都游遍了！"

"你划小船游过这湖？"船上马上有人接他的话茬儿问。

"不是，"秦汉先生说，"不是划船。"他的语气里换上了一种极富深意的味道。

"乘着帆船走的？"又有人问。

"不是，"秦汉先生说，"我可不会捣鼓那东西。"

"我从来没听说过你在这水上待过呢？"斯密斯先生插了一句。

"哦，现在不了，"秦汉先生解释说，"那是好多年前了，我刚来马里普斯的第一个夏天。基本上每天都在水上待着。在水上待着的话，吃饭总是香喷喷的，还不长肉，再没有比这更让人身体结实的办法了。"

---

① 原文为"Party"，聚会，这里为幽默之意，照发音直译。

"你们在岸边扎营？"斯密斯问。

"晚上上岸扎营，"殡仪人秦汉说，"但是白天一直待在水上。你想，我们是来找一个从城里来湖边度假的家伙，他划船出去后就再没回来，我们实际上是去打捞尸体的。每天天一亮就得起来，生火做饭，吃完了抽口烟，带上网子出去一整天，生活是挺好。"秦汉先生的口气里带着一丝怅惘。

"最后找到那人了吗？"有几个人异口同声地问道。秦汉停顿了一下说："找到了，在马蹄角附近的芦苇地里发现的。不过没用，人早死了，尸体已经变了颜色。"

说完这些，秦汉先生就不出声了，好像在想事情。他沉默了好一阵子，船都开出半英里了才有人打破沉默。

像这样的谈话，还真是适合一整天都得在水上待着的人们。难道不是吗？至少能打发时间吧！

在平静的湖面上，"美人号"继续前进。经过杨树角时，德鲁尼主教和加拉赫医生为了能轮流从望远镜里观察岸边沙堤上的燕子窝，汲汲皇皇，争得不亦乐乎。从望远镜里看去，那些沙堆和灌木丛历历可见，清楚得和用裸眼看到的一模一样。

过了杨树角就是石头滩。对加拿大历史了如指掌的加拉赫对德鲁尼说，每次他想到300年前尚普兰①和他的探险队

---

① 尚普兰（Samuel de Champlain 1566–1635），法国地理学家，探险家。

是在这个地方登陆就不由得啧啧称奇。对历史一知半解的德鲁尼主教则说，在尚普兰来到这里之前，造物之手就已经堆好了这些石头和小山，这才是奇迹。医生说法国人能从没有路的荒野中走出来，想想都觉得了不起。主教说，神的意志让最小的灌木丛都长在它应该长的地方，安排如此精妙，这才是了不起。医生说想到那些法国人他就心生敬意，主教说想到上帝他就心生敬畏。医生说自己还是个孩子时，满脑子想的都是法国人一往无前的英勇事迹，牧师说打从孩提时代起，他脑袋瓜儿里装的都是上帝的神力如何伟大这样的事情。

再往前，岸边便是那座印第安人住过的小岛，岛上巨石嵯峨，龙盘虎踞。船上的医生提醒主教说注意那些羊肠小道，第一批探险者就是从那里把小舟从湖边拖进树林里的。主教回答说不用望远镜他也看得一清二楚。

医生说，就是在这儿，五百个法国人带着装备翻过这些山岭走到大海湾。主教说这让他想起希腊将军色诺芬①带领上万大军翻过亚美尼亚人驻扎的山口直奔大海。医生感叹说他多么希望自己见过尚普兰，和他说上几句话，主教则感喟说自己不能和色诺芬身处同一时代而成为后者的知交实在是让人深感遗憾。

① 色诺芬（Xenophon），雅典人，历史学家，苏格拉底的弟子。公元前401年，色诺芬参加希腊雇佣军助小居鲁士争夺波斯王位，未遂，次年率军从巴比伦返回雅典。

两个人又谈起文物和历史遗迹。医生说倘若哪天晚上主教去他府上，他可以给主教看看自己在花园里挖出来的印第安人用过的箭头。主教则说，如果医生去他的宅子参观，他可以给医生观摩一张波斯国王薛西斯率领大军入侵希腊时用的地图，不过医生得避开他给孩子们上课和给妈妈们开会的时间去拜访，最好是在这两件事情的中间时段来拜访自己。

聊到最后，两个人都达到了心照不宣的状态：在对方邀请自己的时间去拜访根本不可能，单从时间上考虑就不具备可行性，看来互访只能是一桩虚无缥缈之事。医生走开了，他要去找斯密斯（从没学过希腊语），告诉他法国人是如何翻山越岭风尘仆仆地奔向大海的。

没承想斯密斯转过脑袋，只用了半秒钟的时间看了一眼医生指给他的那个山岭，然后就断言说这个山岭算啥子哟，比他在哇哈你劈塔①再往北翻过的那些山岭看着好爬多了，那地方光是飞虫就能把人吃了，说完扭头继续玩他的扑克。

医生意识到这就是你想告诉别人事情的结果。如果人生想要的只是感激、理解什么的，那最好别读书，也别旅游，也不用想着为他人做点事情，因为做什么都没用，别人根本就不领情！

事实上，也就是在那一刻，医生下了决心要把自己的那些印第安箭头捐给马里普斯技工学校（后来那些箭头还被

---

① 原文为"Wahnipitae"，位于加拿大安大略省北部的一个湖泊。

冠名为"加拉赫收藏品",这事儿你也知道)。医生开始对自己周围的人和环境已经感到厌恶,于是他溜溜达达地跑去看木林斯如何给德芙示范在没有柠檬的情况下泡制冰镇果子酒。最后,他给自己在乐队中找了个位置坐了下来,但心里那个悔啊!真希望自己没出来折腾这趟!

"美人号"继续前进,太阳越来越高,清晨的空气被正午晃眼的阳光取代。船向着印第安岛开去,湖面变得狭窄,草丛和树林越来越密,船上的人甚至可以看得见从岛上延伸到湖中的那个码头。因为瓦萨微比河下游的水流进这湖里,所以船若是再往前定会碰到激流。几处发电厂盖的红砖房子出现在视线中,它们躲在那些荒草中,隐约可见。水从高处落下的咆哮声亦在船上的人的耳边回响着,历历可辨。

岛上处处覆盖着树木和爬藤,湖水把岛围在中间,水中倒影清晰可见,仿佛和湖面上的物体是一个模子里出来的东西。这时候,"美人号"鸣了一下汽笛,向岛上的码头靠过去,汽笛的回声从岸边传回来,在湖面上逡巡徘徊。

周围的景色是如此宁静,仿佛从来没被任何东西打扰过。电话交换中心的克鲁小姐喃喃地说自己死后要是能埋在这里就好了。所有的人都忙着收拾东西准备上岛,压根没人理会那女孩儿的梦话呓语。

我看也没必要在这里和你说"美人号"是如何靠岸的,反正那天在船上的人都知道发生了什么。靠岸时"美人号"

撞到了码头（木头搭成的），全船人一下子给甩到甲板的一侧，急得约翰逊声色俱厉地大喊着："大——家——全——部——待——在——船——的——右——侧"。可所有的人就是找不到右在哪里。

至于当天的天气如何，树下的野餐是怎样的，这些我就不一一详述了，我只提一下野餐之后的演讲。帕帕雷法官在演讲中宣传了保守党的政纲，这下一大帮人都给他得罪不轻，后来一个叫贾爱国①的人为这事特地给《马里普斯时代先驱报》写了封信，要求报社辟出一块好版面来专门揭露一下这件事情。

我应该早点儿提一下那些跑步比赛。比赛是在岛上一片空旷的草地上举行的。主要根据年龄分组——13岁以下的男孩儿为一组，19岁以上的姑娘又是一组，如此类推。在马里普斯举行的体育竞技一般都照着这个规矩来。谁都明白，一个60岁的妇女和一个孩子比赛，即使有优势也是不公平的。

比赛由德鲁尼组织，参赛者的年龄由他说了算，也是由他给亲自给得胜者颁发奖品。一名卫斯理工会的牧师和另外一个在长老会做代理牧师的青年学生一起抓着终点的那根红绳。

---

① 原文英文人名为"Patriotus Canadiensis"，这两个词是作者杜撰出来的，"Patriotus"让人联想到"Patriotic"这个词，意为"爱国的"，"Canadiensis"让人联想到"Canadian"这个词，意为"加拿大人"。为了便于读者阅读和体现作者的幽默，把这个名字翻译为"贾爱国"。

主教只能抓着那些神职人员张罗比赛，因为非神职人员的男人们都已作鸟兽散，找到那些松树上架着两个大啤酒桶的地方扎堆儿喝上了。

如果你也参加过一次马里普斯的郊游，那你对这些细节自然是心知肚明的了。

一天很快就过去了，从阳光穿过树丛照过来的角度观察已经是斜阳了。此时"美人号"又鸣起了汽笛，还吐出一阵白烟，所有的人从四面八方钻出来涌向码头，很快，"美人号"拉起返航的架势，向20英里外镇子的方向开去。

不用说你也能想象得到一条船早晨出发时的气势和返航时的状态肯定是对比鲜明天差地别。

早晨，船上的人特活泼，特不爱歇着，人们在船上来来回回地跑，不停地问东问西。等到返航时，天已经是后晌午了，眼看着太阳落到了山后，所有的人都不吱声了，处于半睡半醒、迷迷瞪瞪的状态中。

这就是"美人号"返航时船上的景象：人群互相依偎着坐在凳子上椅子上，昏昏欲睡恍恍惚惚，每个人的耳朵里都响着推进器有规律击打水面的声音。太阳落下去了，暮色四起，甲板上越来越黑，越来越静，静到你几乎以为这是条空船。

从岸上或者岛上望过去，"美人号"的船舱窗口漏出的灯光和湖面上的光影交相辉映，站在离这船几英里外处，可以看到烟囱里正在燃烧的铁杉木头红光烁烁，就连推进器发出的"哐当"声都是那么悦耳动听。

有几个人应着推进器的击打声哼起了歌，渐渐地男人和姑娘们的歌声交织在一起，远远听上去，歌声此起彼伏，调门悠长："噢，加——拿大，噢，加——拿大。[①]"

你当然可以提及自己在欧洲教堂里听到的那些赞美诗有多么美妙，但是在这样的夜晚，从宁静的湖上传来的"哦，加——拿——大"的歌声，让每一个熟悉马里普斯的人都觉得那歌声朗朗盈耳，动听极了。

就在船上的人唱着"噢，加——拿——大"的时候，那条船其实正在下沉——我是这么认为的。

如果你经历过水面上任何紧急状况，你就明白状况发生时当事人的心理——就是那种"不用你说，我已经知道发生了什么"的心理。而且，消息通常以一种神秘隐晦、鬼鬼祟祟的方式从一个人传给另一个人。

不管人们是以什么方式知道的吧，反正"美人号"上先是一人，然后是第二个，消息从一个人传给下一个人，到最后每个人都知道了这条蒸汽船正在下沉的消息。据我所知，第一个听到这消息的人是银行经理德芙，他悄悄走到加拉赫医生旁边，问医生是否能感觉到船在下沉。医生回答说他没觉得船在下沉，还说今天早上他确实想过"美人号"会不会

---

① 这里人群唱的是加拿大的国歌《O, Canada》。

下沉的问题，但是现在他倒是一点都不担心这个问题。

据德芙自己说，他后来又跑去问律师麦卡尼船是不是在下沉，律师回答说他怀疑"美人号"是在下沉。

有人把沉浸在梦乡里的帕帕雷法官摇醒，告诉他船舱进水了，有六英寸那么高，这说明船在下沉。法官驳斥说这谣言造得太完美，说完把这消息告诉了他老婆，法官老婆说如果"美人号"下沉，那这次就是她最后一次出远门，她不允许这样的事情发生在自己身上。

"美人号"下沉的消息传遍了船上的各个角落，船上的人扎成一堆儿，议论着这个消息，说的时候既生气又兴奋——就是那种如果一条蒸汽船在类似于微萨诺蒂湖这样的湖上下沉时人们应该有的表达方式。

当然了，主教德鲁尼还有其他一些人仍旧持镇静态度，他们说做人要学会斟酌实情，任何事情都有两面。但是好多人压根听不进去。我觉得有些人是真害怕了，因为这船原来就沉过一次，淹死了一个人。一想到这个，大伙儿心里能不紧张吗？

什么？我没有告诉过您微萨诺蒂湖的深度？我以为您知道呢！这条湖有些地方是很深的，这没什么好犟的。但是从大芦苇荡到码头这一带大约有1英里的水域，即便你挖空心思地找，也找不到一处比6英尺还深的水面。嘻！我可不是在向您描述一条即将沉入深海、随时会把一船尖着嗓子吱哇乱叫的人拖进海底、拖进那深不可测的绿幽幽不归之地的蒸汽船。不是的！不是那样的！那样惨绝人寰的事情怎么会发生在微萨诺蒂湖上呢？

不过"马里普斯美人号"时不时在湖上下沉倒是不争的事实，每次下沉都是船底贴着湖底，等着人们再把它给拖上来。

马里普斯周围有好几个湖，如果你是去会友，却因为坐船而姗姗来迟，这时候你只需给朋友解释一下自己是因为乘坐的船沉了才迟到，在座的人肯定都会露出一副"心有戚戚焉"的神色。

当年哈拉德和沃洛夫造船厂建造"美人号"时，就在船的木头和木头之间留了一些缝儿，所以每逢周日用废棉花塞紧那些缝隙是必须做的功课，倘若做不到这个，船当然要沉了。"堵漏"（法案里也是用的这个词）法也是省法规之一，它规定像"美人号"这样的蒸汽船每个季节必须要"堵漏"。而且省里每年都会派人下榻在各处的酒店，以便这些人随时能上船检查各条大船的船缝儿是否填得严实。

听了我这番解释，你是不是可以想象得到当船上的人听到"美人号"是因为船缝没有做好堵漏而大半夜陷在浅滩泥泞中时，他们那种吹胡子瞪眼勃然大怒的模样。

我可没说船体下沉不是什么十万火急危在旦夕之事。不管怎么说，当你意识到船每走一百码就得停下，可夜色却是越来越浓，直到最后只能看到船舷两边黢黑幽深的水面时，你肯定会觉得这船还真是有点不太靠谱。

什么？不会有事的？"美人号"这时候如果下沉，肯定要比在大西洋上遇到类似的状况好很多？——我可不敢给您打这个包票！毕竟，这事儿如果是发生在大西洋上，船上的人不仅能发无线电报，而且还有一大群受过训练的水手和船员站出来维持局面。可现在是在微萨诺蒂湖上，离着岸边还有好大一段距离，夜色中你向来时镇子的方向看去，远远地，灯光有一搭没一搭地亮着。没多久船桨推进器也停了，船员熄灭了发动机以防轮船爆炸，你把目光从炉门大敞红光盈盈的锅炉处移到湖面上黑沉沉空荡荡的夜色中，耳朵里传来蒸汽的咝咝声，离船不远的芦苇荡那里，阴风四起，风声在芦苇中间游荡盘旋，呼来绕去……这时候，你看到有几个人已经冲到了甲板上的驾驶舱里，发射出几枚信号弹，以期警醒远处马里普斯镇上的人们。什么？没事儿的？！去你的吧！你觉得没事儿你来！我现在只想回去，待在镇子里枫树的婆娑阴影里优哉游哉多好。这是我最后一次来微萨诺蒂湖嘚瑟！最后一次！

会安全回去的？！也许会吧！好奇怪那些经历过这种"险"事的人当时为什么认准自己一定会安然无恙的！眼看船就要沉了，男人们已经开始把所有的女人都召集到甲板上，你心里当然要不寒而栗战战兢兢了。

真不知道为什么某些人在这个关头还能泰然自若，摆出一副安之若素的模样。比如说斯密斯就一直坐在那儿抽烟，还和别人讲述起他在尼皮辛湖上的经历，说那次那条船就是"因他而沉"，说着说着还抖搂出另外一件往事：有一次在阿比提比湖上，他驾驶的一条两侧都有轮子的大船也是沉到了水里。

就在斯密斯说话的空当儿，"美人号"突然抖了一下，然后开始加速向湖底沉下去。速度之快让你感觉到那船一直在往下走，一刻不停。难道还没触到底儿吗？可湖水已经没过了下面的甲板，就在那节骨眼儿上，船顿住了，谢谢老天爷！"美人号"的底部触到了芦苇滩上，这下可安全了！

千真万确！而且不由得人喜不自胜！这事儿听着好像挺唬人，可是如果一个人生来就胆儿大，面对危险时，他肯定是微笑着的。再说了，谁说危险来着？可不就是人胡说八道呗！你要这么说大伙儿可要笑话你了！这还用问为什么吗？这种小事就是给水上出行添点乐子而已。

不到半分钟，船上的人开始活跃起来。有要买三明治的，有嚷着要听笑话的，还有人要喝咖啡——说是可以用锅炉里残留的那一点儿余火煮咖啡。

我这里就不给您详细说船触底后人们都忙些什么了。

我本来以为"美人号"上的那些人会一晚上老实待在船上，等镇子里来的救援队伍，但有些人显然已经等不及了，他们眺望着黑黢黢的湖面说：从这里到米勒渡口可能也就不到一英里而已，若是向左看，几乎能看见那个渡口——有些人甚至还念叨起什么"渡口和船帮几乎是贴着呢"这样的话！一旦碰到海上灾难谁都难保自己的脑袋瓜不会晕乎，怎么说也得过上一阵子才能看清楚周围的环境状况。

看清了四周的环境后，船上的人马上就行动起来。他们把吊索扯到船帮边儿上，然后把那个年代久远的救生艇从最上面的甲板一点点放到湖面。

一些人手举灯笼倚在"美人号"的船舷边，给那些忙着往下吊救生艇的人照亮，灯光映在水面和芦苇上也映在被放到了湖面的那只救生艇上，从上面看下去它显得好小好笨。这时有人喊着："女人和孩子先上！"如果救生艇看着连妇女和小孩都承受不住，再塞上些男人能行吗？

坐满了妇女和小孩、沉得几乎浮不起来的救生艇向夜色里划去。

有个长老会的学生坐在船头，他俨然一副领头羊的模样，大声喊着：一切听上帝的安排！可是从他那半踞半蹲的姿势来看，那是随时准备跃起逃出上帝掌心的架势。

小船消失在夜色中，只剩下一点亮光在水面上影影绰绰。没多久它又返了回来，这次是来拉另一拨人的，几拨下来，甲板上很快就不剩多少人了，每个人都急吼吼地等着自己给拉走。

第三拨人也给小艇拉走了。这时候斯密斯和木林斯打了个赌，说自己可以先于在刚上艇的这批人上岸之前到达他马里普斯的家里，赌资为20元。

就在众人还在琢磨斯密斯这番话的意思时，他已经左手拿木槌，右手拿油绳直奔"美人号"的底舱去了。

这时湖面传来一阵喊声，是那条叫"麦基诺号"的救生船来救援了！留在镇子上的马里普斯人看见信号就连忙召集了14个男人赶来了。

我觉得海面上的救援，或者说任何水面上的救援行为总是非常鼓舞人心。

毕竟，救生船上的英勇行为是真正的勇敢，这种勇敢是为了挽救生命，而不是为了摧毁生命。

当然了，事隔好几个月，人们还在传颂那条救生船是如何救了"美人号"的。

我猜这次水面救援行动是这条"麦基诺号"救生船自从老麦唐纳政府[①]同意它在微萨诺蒂湖服役后第一次出海。正因为这个原因，所以船一下水，湖水便从它舱底的船缝儿四面八方地涌了进来。尽管划船人看到了这一幕，尽管他们知道这船现在距离"美人号"还有两英里的距离，可这14个人还是丝毫没有犹豫踌躇，划着小船直奔"美人号"而去。

划到一半儿的时候，水就淹到了船里坐板那个地方，但

_____
① 历史上的保守党主政的加拿大政府。

是没人肯停下手里的桨板。这时候，船上的每个人都已经是气喘吁吁、筋疲力尽（这里我得提醒诸位，如果许多年都没有划过这样的笨船，那这样的划船方式确实能要了船上14个人的性命），可他们依旧拼尽全力不言放弃，力争不辱使命。后来，他们开始往外扔压船舱用的袋子，连带把身上的厚外套和救生带也全部扔到水里（这些东西忒碍手碍脚！），大家一心往前冲，压根不去想船还能不能回去的问题。终于，"麦基诺号"救生船离岸边越来越远，离"美人号"越来越近了。

"挺住啊！兄弟们！"这时从"美人号"甲板上传来了呼喊声——实际上这话也是船上的人在给自己打气：挺住！

靠近"美人号"时那帮人已经是精疲力竭；从"美人号"上扔下绳子，"美人号"上的人刚把"麦基诺号"上的人拽上船，"麦基诺号"救生船就沉了。

得救了！谢谢上帝！终于得救了！这是有史以来发生在微萨诺蒂湖上的最了不起的救援创举。

光说没用，你得在那条救生船上，参与到救援战斗中才能体会到这一切。

舍身救人的不仅仅是"麦基诺号"上的船员。

实际上一条船接一条船，一个小舟接一个小舟都陆陆续续从马里普斯出发来救"美人号"。镇子上所有的船都出来了。

银行出纳员帕普金，就是脸长得像马脸的那个，他没有登上"美人号"，可是当他听说"美人号"发出求救信号，而且是劳森小姐亲自发的求救信号，立即找到一艘木头船，又抓起一支桨板（两支桨板不会使劲儿），疯狂地向湖心划去。没多久他就给困在黑沉沉的湖面上，那条木头小船差点翻在湖里。后来被人救起时，他已经是人困船乏筋疲力尽了，救他的人带上他继续向"美人号"划去，最后他给绳子拉到了"美人号"上——太好了，又救起了一个！

就这样，那个夜晚的一大半时间里，"美人号"上的人都在忙碌着，忙着把那些前来救援的人拽到自己这条蒸汽船上。等到第十拨人从船上离开乘救生筏向岸边划去时，"美人号"突然一下子从湖底的淤泥里浮了起来。

浮了起来？！

这是怎么回事？当然要浮起来了！如果你从一条半沉没的船里接出来150个人，如果有斯密斯那样的足智多谋之人开始一点点地用小木槌把油绳塞进船板之间的缝隙，如果你从乐队里找来十个人，指挥他们去底层甲板的尾部，用手动抽水泵不停地抽干船舱里的水，那船当然要浮起来了——不然还能怎样？

然后你再把杉树木柴丢进曾经给扒灭但还隐隐闪着琥珀色火苗的火炉里，你不停地丢着，一直听到锅炉里有了动静才罢手。没多久，船尾的推进器开始发出"砰""砰"的声音，又过了一会儿，蒸汽船吼出一声长鸣，袅袅回声，不绝于耳。

就这样，"美人号"鼓足了蒸汽，炉膛里蹿出一串串火星儿，船重新向镇子驶去。

但是这次在驾驶舱里掌舵的不是约翰逊了。

"斯密斯！让斯密斯来！"人群里有人喊着。

斯密斯能开得回去吗？好吧！你是在问一个目睹过无数艘沉船（从特密斯卡明到湾区这一段的湖上）事故的人是否能开得了这船？问一个曾经在慕斯河的湍流上，在到处都是流动冰块的险境中划着小舢板左冲右突最后成功突围的人能否抓得稳"美人号"的船舵？我看你还是少问几句吧！此时的"美人号"已经安全地向镇子码头开去，一边加足马力一边拉响了汽笛。

看看那些灯光和人群吧！这个时候也就联邦的人口调查员能数得过来那么多的人！听听他们在甲板和岸边之间你呼我应！岸上解开缆绳的声音吱吱嘎嘎，马里普斯乐队的乐手们已经在二层甲板上站成个圆圈，就等着"美人号"靠岸，指挥也拿起了他的小棒，一、二、准备——"噢，加——拿——大！"

第四章　德鲁尼主教掌管教堂

　　英格兰教会马里普斯分会教堂坐落在一条小街上，从镇子中心地段往山坡上稍走几步便是。那条街是镇子上枫树最多的一条街，教堂门前有块儿草坪（以前这块草坪是墓地来着，后来墓地挪到了山顶上，规整得又新又大）。从教堂往山坡上走是一大片枫林，教堂背阴面往下一点儿坐落着主教住的宅子，一间汽车棚和一条小路一左一右偎偎着那宅子。宅子是座砖房，占地儿不大，朝向既非正南亦非正北。房子四周用篱笆围着，篱笆上开了个小门，篱笆旁有棵结满了红色果实的白蜡树。

　　在砖房一侧，朝着教堂的方向，也有一小片草地。草地周围用低矮的篱笆围了一下，草地上种着两棵樱花树，那树仿佛一年四季都有白花开着。树底下摆着一套粗木桌椅。您常常看得见掌管英格兰教会马里普斯分会的地方主教德鲁尼先生一个人坐在树底下，婆娑光影透过树枝落在他身上，通常他是在看书。在外人眼里，坐在树下读书的主教既没有让

火热的太阳烤着，也不是完完全全地待在阴凉地儿里。我还可以告诉您的是，草坪那头儿的篱笆树长得最高，也是在那里的篱笆树上，有一个黄色蜂窝，蜂窝里住着7只小蜜蜂，这小蜜蜂也是黄色的，它们的主人便是德鲁尼主教，我之所以这样断言蜜蜂的身份是为了让您明白那窝蜜蜂之所以存在，纯粹是为了配合德鲁尼主教朗读拉丁文。您想想，一个男人，坐在樱花落落的树下读书，树上花枝摇曳，小蜜蜂嘤嘤嗡嗡，还有什么比这种极富狄奥克里托斯①田园牧歌式的画面更富诗意画意呢？现代浪漫文学里那些看似轻歌曼舞实则不着调的描写极有可能会让一位在这种环境里读书的男子昏昏欲睡，但是如果他此时读的是狄奥克里托斯的书（那可是催人深思的精神食粮），那么他大可放心地闭上眼睛，体会刚才读到的精髓，而不用担心自己睡过去。

　　我猜好多人离开学校后就不再读书了，但主教大人可不是这样的。我经常听他感慨万分地说起哪怕只有半个钟头的闲暇时光，他也要带上一本希腊文书籍去草坪上待着，生怕虚度了光阴。本来读读希腊文是一项能增强脑力的活动，况且主教本人天生就对希腊文爱不释手，仿佛它是自己的母语一样。我也听说有些人看到主教在草坪上坐着，便蹭过去想挨着主教坐一小会儿，目的是央求他给自己翻译一段希腊文听听，但常常遭到拒绝。主教对他们坦言："可不敢随便翻

---

① 狄奥克里托斯（Therocritus），古希腊田园诗人。

译！语言这东西翻译过来就失去了太多味道，所以，最好还是别去尝试。如果必须翻译的话，你得知道翻译过来的东西肯定不是原汁原味！肯定要丢掉些东西！而且还是即翻即丢啊！"我相信那些学识渊博的学者们对主教的这番话肯定感同身受，这就是为什么大学者们喜欢引用原文，以期避免英语这个糟糕的媒介把人家的好东西糟蹋了。所以当主教表白说总之自己是不情愿把希腊文翻译成英语给那帮人听，我相信那是他的肺腑之言！

有时候，主教也会很掷地有声地读希腊文给旁人听，不过那是另外一码事了。说到这里请容我给您举个例子，比如说，加拉赫医生（我是说那个上了年纪的医生，老加拉赫，不是那个年轻人，小加拉赫，他总是下午去村子里给人看病）偶尔也会带着自己新近发现的印第安人遗物过来拜访一下主教。每逢这时，主教就会读希腊文给他听，医生把他带来的印第安人石斧刚刚摆在桌子上，主教马上拿起那本狄奥克里托斯田园诗集猛读一气。我记得有一次医生给主教带来一个印第安人头盖骨（从铁路路基底下挖出来的），摆在树下的那张粗木桌子上。主教见此，马上拿起狄奥克里托斯来猛读，一直读到坐在椅子里的老医生打起了盹儿。老医生这个盹儿耗时之长，以至于主教读到后来不得不把书本放在膝盖上，自己也闭上眼睛，双手合十，祈祷医生快点醒将过来。那个印第安人头骨就放在两个人之间的桌子上，樱花从树上扑簌簌地飘下，落在头骨上，像极了老医生头上的苍苍白发。

说到这儿，您千万不要觉得主教的生活就是坐在树底下打发时光，根本就不是那么回事儿！实际上，生活之于主教是马不停蹄地参加一连串的活动，也许他自己也深感命运不公，可却又无力抗拒。比如说，刚吃完中午饭，下午3点钟上课的幼儿班就等着他了，这么一来哪里还有时间坐在树下休息一会儿。幼儿班结束后，一个小时的休息时间不到他就得想着5点钟给"妈妈社团"的那些妈妈们上课的事儿。第二天早晨，读书俱乐部等着他讲课，到了晚上则是《圣经》学习班的课。再翻过去一天，是"早期工人产业会"的邀请，而且上午11点半就得开始讲，主教一个星期都是这样屁颠儿屁颠儿地过。要是能空出一个小时左右的时间让他喘口气，捎带坐在树下读读书，那是他做梦都想的事情。毕竟，一个忙忙碌碌的人利用丁点儿闲暇时间研修一下高深的古典文言，肯定是有利无弊。要让我说的话，把这个教区内的所有教士都算在内，德鲁尼主教必定是最忙的那一位。

如果主教能从无休无止的工作中抽出半天闲暇时光，他通常是去钓鱼。不过，也不是次次都去钓鱼玩儿，他也可能一个下午都和一群孩子们泡在一起。他给他们做风筝、玩具和装了发条的汽船，一心一意地哄他们开心。

幸好德鲁尼对由自己来研制那些机械玩意儿这事有着特

别浓厚的兴趣，不然的话捣鼓这些东西就是受罪。而且他对机械研究还真就不是一般的喜欢。就我个人认为，主教大人那个"飞机"布道是历年来他讲得最好的一次——"看啊！你坐在展翅高飞的'耶利米二号'上。"

主教为了给摄影师摩尔的儿子泰迪做一个老式中国风筝，整整忙乎了两天，为此还让幼儿班停课48小时，只是为了让小泰迪体验一下放飞风筝的乐趣，也可以解释为在一旁看着风筝飞的乐趣，因为一个小孩子可操纵不了那种老式难缠的中国式风筝。

主教还给马杰利（那个腿有点跛的小女孩儿）做了一个机械陀螺。同样，马杰利只有看的份儿，让一个腿不好的小姑娘玩那个非常不明智！德鲁尼主教总是给孩子们做这个做那个。他给小威廉做沙漏，还没做完那孩子就死了。即便这样，主教还是坚持做完了那个沙漏，然后高高兴兴地把它给了另外一个孩子。这你也可能知道：死亡这个字眼对于一个信奉上帝的人和我们这样的普通人，意义完全不同！有那么一段时间，主教和秦汉先生常常相随穿过荒芜的衰草，一起到山上那个新建的墓地里去，其间二人常常谈起自己对死亡的理解。再比方说，星期天你去墓园悼念你死去的妻子，主教也在那里悼念他的妻子，可是在外人眼里，你们各自的步态肯定大相径庭。

我以前提到过新教堂离主教的宅子不远。新教堂高屋建瓴，气势规模宏大——一根根打磨精细的雪松木头横梁从穹顶周边向中心聚拢。从前，在新教堂的这块儿地上，立着一座石头盖成的小教堂，镇子上的那些老人现在还常常念叨起它：那是一个用红灰两色石头砌成的古香古色的建筑物。它周围则是墓地，但是后来，小教堂连带墓地统统给人铲得干干净净，改成了现在新教堂旁边的那块草坪。那块墓地里的旧墓碑给铲倒后就留在原地，再也没有人接着在这里安放新的墓碑。镇子上的孩子们来这里玩耍时都要大声地念出墓碑上的字，说起来这些墓碑也有年头了，差不多四五十年前它们就给人立在那里。

你可不要从我的话里觉得德鲁尼主教是一个头脑简单之人，其实正相反，这一点你很快就会发现。比如说，你观察一下，每次主教大人坐在树下阅读希腊文时，每隔几分钟他就会拿出一两张夹在诗集书页之间的纸来，盯着那张写满了密密麻麻的数字的纸看个没完。

你观察主教是如何趴在粗木桌子上研究那张纸的。他先从上往下加一遍那些数字，接着再从下往上加一遍，然后来来回回仔仔细细地再看一遍，生怕漏掉点什么，这之后他还要再上上下下小小心心地瞅一遍，确认自己的确没有遗漏数字才放下心来。

数学可不是主教的强项，早晚你会知道这件事。在英格兰神学院，虽然那里的板球场地建得有板有眼，就连篱笆都规划得整整齐齐，但是从神学院里出来的人没一个数学学得好的。虽然52年前主教大人在那里上学时拿过希腊语成绩的金质奖章，而且现在那块牌子还放在教堂桌子上的一个盒子里（盒盖儿一直开着，那是为着一旦着急用，拿的时候方便些。如果你碰上德鲁尼的三个女儿，莉莲、乔喜玲，还有喜奥多，那她们肯定会把金质奖章拿出来让你瞻仰一下）。但是就像我说过的，虽然主教希腊文不错，可数学不是他的长项，为此他曾经语带讥讽，一点情面不留地抨击了当年教自己数学的老师（当然以基督圣灵的名义抨击的，这你明白）。我自己就常听他说神学院早就应该开除那些滥竽充数的教授，而且要以基督圣灵的名义行开除之事，其间使用最虔诚的宗教术语才好。

教区内的所有神职人员和主教德鲁尼一样，在数学没被老师教好这事儿上多少都吃过些苦头。但是只有主教一个人深知自己的情况特别令人扼腕。你看，如果一个神父正在做一架飞机模型（而且是给镇子的一个贫困家庭做的），可就是因为不会计算小铁棒的扭曲系数而不得不停下手中的活儿。这不摆明了是那些神学院压根儿就没有履行好他们的职责吗？

但是，我刚才提到的写在纸上的数字并不是关于飞机模型的。这些数字可比飞机模型重要多了。过去的十年间（也是主教最好的年华），那些数字日日夜夜困扰着他。日子一天天地过去，如果非要说那些数字也在变的话，那就是越变越深奥，越变越难懂。

比方说，您看着眼前的这个教堂——精雕细琢的松木横梁呈穹隆状，彰显出神的荣耀；屋顶上的瓦片是进口的，衬托出天堂的壮丽；窗户玻璃色彩缤纷，意味着神的无所不在。如果您想计算一下，从盖这个大教堂起到现在，究竟欠了人家多少钱。如果您还想搞明白建这样一个教堂得举债多少，利息要付掉多少，再刨去教堂现在的市值，然后减去每年的固定费用，得出来的还真是一笔大数。除此之外，你得再在这个数上加上每年的保险费，然后减去主教每年薪水的四分之三（别忘了年年都要减），可是突然某一年想起四分之三这个比例有点多，原因就是你忘了德鲁尼家小女儿的寄宿费（还有法语课的学费，那是额外交的钱，不包括在寄宿学校的费用里——怎么着也得交上呀！再说她两个姐姐的都交了！），这样你得出来的数是在最基本的算术里没有的。最烦人的还是，本来主教知道用对数定理来算的话很容易就能搞定，可是他在英格兰教会神学院学习那会儿，老师偏偏没讲对数定理，只是简单地提了提"logos"是词，"Arithmos"是数字。结果害得德鲁尼当时以为自己知道这两点就足够了。

正因为如此，主教老得把那几张写满数字的纸拿出来加上一遍，可遗憾的是没有一次能得出个准确的数字！教区委员会委员秦汉先生常来主教这儿串门，捎带也和他一起琢磨琢磨那些个数字，这时主教就会替自己辩解说只要手头有张对数表，他分分钟就可以搞定。他说只要你打开对数表，手指一行行画上去，说到这儿，主教往往两手同时上阵一起比画，就跟他眼前真得有个对数表似的。秦汉先生则说：那可得小心，对数听上去就很恐怖（这里引用的是秦汉先生的原话）！

那个叫尼文斯的律师（同时也是教区委员会的候补委员），还有兑换银行经理木林斯（同时也是教区代表大会的主席）也会隔三差五地过来看一眼那些数字。但是两个人都不能搞出个一二三来！因为主教的薪水部分是不能随随便便就告诉人的。

有时候，木林斯会注意到有一笔100元的火灾保险金得赶紧付清，因为他是生意人，所以知道这100元肯定不是火险保费，他旋即给主教指出来，主教立马回答说是自己搞错了并且改好。接着木林斯又指出来另外拖欠的50元肯定不是应付税费，因为教堂根本不用交税，主教当即承认确实不是税费。说句实话，主教的那个账真是一塌糊涂！依我看这账还得要算到若干年前那位教主教数学的老师头上。

木林斯心里总惦记着找一天好好帮着主教审审教堂的账目。说起来他的父亲和德鲁尼主教还是同窗来着，两个人都是在小型教会学校（学校里还有专门的板球场地呢）上的学。可是他太忙了！他给教区委员会里的那帮人解释说他们这些在兑换银行做事的人忙到连星期天上午都不能自由支配，银行非逼着他们去斯密斯酒店，去湖边（在钓鱼时节）和人谈业务，而且都是偏僻地方，一般人根本找不到他们。不过商业银行的乔治·德芙先生例外，他和兑换银行的这几个大忙人常见面。

细想想所有这些麻烦都是因为建了这个教堂！

这真是刻骨铭心的痛啊！

主教在那个先前提到的石头建成的小教堂里辛勤传播主的福音，一传就是25年！这25年里，他发下宏愿并经常在传道时提起这个宏伟愿望：造一艘诺亚方舟。他平生只有这一个心愿：建一座神迹；或者说得再简单点儿：点燃一座更亮的灯塔！

25年过去了，他终于点亮了那座灯塔！马里普斯每个人都记得新教堂是怎么盖起来的。首先他们得拆掉那个旧石头教堂，好为神迹显现先腾出块儿地来。"亵渎神明啊！手碰一下那些石头都是罪过啊！"主教也这么说，可是石头教堂还是给拆得一干二净。最初，有人建议留着那些石头盖周日学校用，这样多少算是留下了神迹，即便这神迹和先前比肯定是少了点。可后来人们发现盖学校那些石头压根儿派不上用场。于是有人建议用那石头虔虔诚诚地建一堵墙，立在那里作为一种象征，可是最终墙并没盖成。后来那个小教堂的石头被心怀敬意的人们垒成了一个石头堆，且没多久就给一个建筑商买了去——和生活中的好多事情一样，石头堆被彻底遗忘了。

但是没有人能忘掉建新教堂的那些日子！主教大人说有多投入就有多投入！他脱掉外套，里面露出白净的衬衫袖子，此举让他站在那帮打地基的工人中煞是显眼！他亲自上阵指挥压路机，吆喝马车，喊号子，动员大家卖力干活，直到有人央求他克制一下激情才作罢。不一会儿他又窜到石匠堆里，出主意，搭把手，提建议，直到有人恳求他歇会儿才住手。接着他又一头扎进木匠堆里，拉大锯，抡小锤，不懂就问，有意见就提，直到大家苦苦哀求他才停工不干。可是没多会儿他又和设计师摽上了，没日没夜地混在设计师的那几个的助手中间，画图、策划、改稿，直到设计师发话，告诉他一边儿待着去，他才彻彻底底地偃旗息鼓不再闹腾！

主教如此投入，以至于我都怀疑，如果不是委员会的那几个人要求主教必须度个假，而且不等他同意就直接把他送去了大湖北边的麦基诺岛，教堂能否盖成恐怕都是个问题。那次旅行可是主教人生中唯一的一次出国游。

新教堂终于落成了。它仿佛是一座矗立在山尖的灯塔，掩映在层层的枫树林中。塔的地势如此之高，以至于你站在敲钟的地方就可以俯瞰到整个马里普斯镇。铁路就像铅笔画的两道直线，微萨诺蒂湖水波不兴，宛若画中！从新教堂望去，你对马里普斯的扩张和繁荣一目了然——如果是站在原来的那个石头小教堂，那是不可能看到上述美景的。

教堂建成后马上开放。主教在那里做了第一次布道。他首先提到新教堂的落成是一个伟大的神迹，是诚挚之心！是拼搏来的果实！是象征！是赐福！更是契约！他还补充说新教堂是停泊之地！是港湾！是灯塔！更是建在山上的小城！最后，他总结说新教堂就是用来避难的方舟，并下通知说《圣经》研读班以后就在新教堂的地下室开，每三个星期开一次，时间是周三。

在最初的几个月里，主教在布道里继续称新教堂为神迹，是祈福也是赐福，是做礼拜的好地方，可是我猜他忘了一点：盖新教堂是花了钱的。后来当马里普斯建筑分会的代理人还有"管风琴和汽笛风琴公司"的人上门收季度费用时，主教才恍然大悟。这些人再来时，主教总要特地做几场关于"罪恶"的布道，布道时他总不忘提起古希伯来人从来都要把那些奸商处以极刑——说这番话时他用的是基督教徒常有的心平气和的口吻。

我觉得一开始谁都没把建教堂落下的饥荒当回事。主教给出的数目充分说明债务还清只是时间问题，教区群众只需稍微勒紧一下裤腰带，群策群力集体作战，那点儿债务不费吹灰之力就能给它扛起来，或者说踩到脚底碾碎。不是说了嘛，只要有决心，手扶犁铧就能踏平四海，还有，难道不是只有那些远航归来的人才有资格卷好船帆，坐在自家橄榄树下一身轻松优哉游哉吗？

话说回来，教区群众勒紧裤腰带付清的只是债务利息。而且，当连债务利息都付不清时，那些没付掉的利息就加在了本金上。

我不知道你有没有和那些新建的教堂（它们被称作伟大的神迹或是仁立在小山上的灯塔）打过交道。如果你曾经打过，你就会知晓这些教堂的财务状况是如何从一开始还凑合到每况愈下，直至陷入无望境地的。在马里普斯，那些贷款、管风琴安装费用、火险（数目惊人！简直就是祸害百姓！）、取暖费、电费逼得主教意识到不用对数公式想把这些费用加在一起理算清楚根本是不可能的事情。后来，不仅主教本人知道教堂已经不可能还清落下的债款，就连教区委员会的那帮人也意识到了。没过多久，唱诗班的人和那些去教堂做礼拜的人也知道了，再后来，人人都知道这债是还不起了。复活节的时候专门举办了特殊募捐，再加上特别募捐日、特别捐赠周，以及和"霍萨娜管风琴和汽笛风琴有限公司"联合举办的奉献活动。这一轮募捐下来，到主教宣布他要举行一个素斋忏悔募捐活动（主要针对那些商业圈里的人士），每个人注意到教区里去教堂的群众已经减少了百分之四十。

我想这类情况哪儿都一样，我的意思是当教堂像灯塔一样仁立在小山上时，一种特殊的不满情绪也开始慢慢渗透到教区群众的心里。有些人声称自己虽然一开始对建教堂没做任何评论，但早就看出这事儿定会折戟沉沙铸成大错！也难怪，我们身边经常有这样"胸怀宽广、容纳百川"的人，这些人总是若干年前就能预测到事情的结局，但谦虚的情怀让他们选择把嘴巴封得紧紧的。更糟糕的是另外有些人开始对教堂的所作所为表现出不满。

比如说约多，就是那个拍卖商，有一次就专门和人描述了他自己如何去了趟城市，又如何参加了一次罗马天主教堂的礼拜的事儿。说得准确些，他是"偶然闯进去的"——这是唯一的能参加罗马天主教堂礼拜的方式——他说他在那儿听到的乐曲才是真正的音乐。人家那赞美诗唱得多好！还有朗诵诗歌的声音！反正他是比不了，嗓门达不到人家那样的高度。

还有艾迪·摩尔，那个开照相馆的，也顺着约多的话聊起自己在城里听过的一次布道。他说如果下次有人和他说要举行一次保证和他在城里听到的一模一样的布道却把他拒之教堂门外，他拼了老命也得和那人理论理论。但是如果没人能做到那么好的布道，他就让自己离教堂远远的。

教义受到质疑。一些教区群众开始怀疑"善恶报应"的说法，怀疑程度之深以至于好多人缺席素斋忏悔仪式。还有律师麦卡尼在某个晌午和牙医米利甘一起把《亚他那修信经》①逐条批了个体无完肤，这都是真事！

---

① 亚他那修信经（Athanasian Creed），宣传三位一体的基督教教义。

主教一直都没有放弃这件事情，传单、号召书和恳求信源源不断从基甸方舟^①散发出去，像是从一条沉船嗖嗖发出的求救信号。一个月过去了，又一个月过去了，主教心口上的负担越来越沉。偶尔他也会忘了欠债的事情，可是每逢半夜醒来，债务问题便浮上心头，挥之不去。每逢他从神迹照亮的教堂去到山下的街道；每逢他经过救世军的宅子；每逢他在氤氲的煤油下祈祷；债务问题就像小刀子，一点点切割着他的心。

我觉得教区群众一股脑把责任推到主教的头上是不对的。就我看来，主教平日里带大家做的布道不仅增强了人们对主的信心，还让教区群众无论在希腊语言的学习方面还是在了解现代机械制造知识上都受益匪浅。

就说希腊语吧！每次在台上他要把英语翻译成希腊语或者把希腊语翻译成英语的时候都给人一种十分严谨细致的感觉。如果他本人的翻译和通常见到的译文稍有不同，哪怕只有一点点，他也要征求大家的一致同意，只有大家一点异议都没有，他这关才能过去。布道时他会停下来，说："希腊语是Hoson，我觉得我翻成Hoyon大家应该也没什么意见吧。"大伙儿确实也提不出什么意见来。如果谁过后提出什

_____

① 原文为Ark of Gideon，Gideon（基甸）为《圣经·旧约》中以色列的著名英雄和士师，曾率领三百人打败十几万米甸敌军，使以色列人太平40年。此处是指Ark of Noah（诺亚方舟），但作者故意写成Ark of Gideon，为讥讽之意。

么异议，那也应该是他的错，谁让他当时不提出来。

机械问题也是如此。毕竟，还有什么能比发电机、反复式涡轮机还有《美国科学》杂志里的图片更能体现造物主的最高旨意呢？

还有，如果一个人有机会去这精妙绝伦宛若造物神来之笔的大湖上绕一大圈，在汽笛声中徐徐离开新建的码头，之后因着神的庇佑和同行的乘客安全登上麦基诺岛的水泥码头，这一圈儿下来，除了对上帝感恩涕零外，肯定会想到以这现成的美景为背景作画写字，起赋比兴歌咏一番。即便不能做到妙笔生花笔走龙蛇，至少也应该写篇实打实的旅游日志吧？甭管怎么说，那些教区委员可不是白花银子让主教来趟麦基诺之游的，他们一定是要图点儿什么吧？

我之所以强调这点是因为总是有人对主教的讲话挑三拣四，我本人则觉得这很不公平！我认为假若主教用报纸常用的那种粗略语气草草说了一下自己的麦基诺之行，那肯定不太合适，幸好他也没有这样做，他表达观点时总是那么……嘻！我看我还是举例说明吧。

"也许多年以前就注定了我要走这一趟，"他说，"去湖上走一趟，就像一个在海上长年漂泊的人那样，站在甲板上望去，我们的西北是一望无垠的水面，像是出自上帝之手，比海平面高出581英尺，我说的是，休伦湖。"同样的事情如果换成这么说："我永远都不会忘记自己的麦基诺之行。"那听上去全然是两码事。主教继续：

"我坐在这艘海兽般的船上——我是说北方航行公司的船只。我倚着船舱前面的甲板栏杆——和另外一个——我相信也是去西部的兄弟一起说着话。我们旁边有个姐妹坐在甲板的椅子上，挨着我们较近的两位正在打发时间——我是说他们玩的是台球。"

可以说对这趟麦基诺之行，主教娓娓道来，无一遗漏，结束时他这样说道："事实上，这是一个非常和煦的早晨。"我这里就不说什么了，我想留给你自己去想这句话作为结束语是否给他的旅行感悟画上了一个完美的句号。

然而这世上还是有喜欢吹毛求疵的人，即使是马里普斯也不例外。礼拜天的晚饭时间，这帮人坐在一起叽叽喳喳，说不懂主教布道时说的什么意思，还互相问对方搞明白没有。有一次，当主教穿过新教堂（神迹所在）的大门，无意中听到有人说："如果不是那个'mugwump'（骑墙派）在上面叽叽歪歪，这个教堂早就太平了。"这句话宛若一根长着倒刺的荆棘戳进了主教的心脏，生生地扎在那里拔不出来。

你也许能了解那种感觉，像那样的评论不仅可以戳伤人，甚至能让伤口发炎化脓，让人巴不得可以再听一次，只为确认自己是听错了并满心希望这一切全部是误会。无论如何，你还是要把你听到的写下来。我见过德鲁尼在宅子里取下百科全书，找到"M"打头的词，查"mugwump"的定义。可是没找到。我还知道他在自己楼上的书房里，翻到"巴勒斯坦动物释义"那几页，看有没有"mugwump"一词。还是没找到，肯定是在古犹第[①]时代人们还不知道这种动物。

岁月荏苒，对马里普斯人来说，那些债务和各种各样的费用就像地平线上的乌云，若隐若现，搞得人心总是悬着，没着没落。我不是说大伙儿没有努力，听任债务一天天增加。事实是教区群众做出了努力。他们时不时碰头，绞尽脑汁想尽办法清偿债务。但是债务数字还是一年年越滚越大，每次想出来的办法付诸实施就发现还不及上一个办法奏效。

于是大家开始采取那种叫我说就是"连环信"的筹款办法。你可能还记得那种筹款的方式，十年到十五年前，这种办法在教会之间很流行。你先找几个人，让他们每个人写三封信寄给三个朋友，信里要求每个朋友捐赠一角钱，并分别再以同样的内容写信给他们的三个朋友，这样，一个变三个，三个变九个，九个变二十七个！看出这里的道行了吧？设计得很巧妙，不是吗？我猜没人会忘掉发生在教堂地下室教区委员会办公室里的那一幕幕场景的，英格兰教会马里普斯的志愿者们坐在那里，面前是三英尺高的信封，他们不停地写

① 犹第（Judea），古代（公元一世纪）在波斯、希腊和罗马统治下的巴勒斯坦南部地区。

信寄信，寄信写信，连环信就这样一封接一封给发了出去。那是令人永生难忘的场景，我猜兑换银行的出纳帕普金对那段经历更是铭记在心，难以忘怀。因为就是在那里他遇见法官的女儿簪娜·帕帕雷，那可是两人第一次见面噢！而且当时两个人可以说忙得不亦乐乎——他们写了好多信出去，大概一个下午的光景就写八九封信，两个人还发现彼此的笔迹难以想象地相似，简直就是书法史上无与伦比的、令人啧啧称奇的巧合事件。

可惜，这一办法不仅没有畅行到底，而且失败得很彻底。我也不知道是什么原因。从最初的写信到这些信被复制宣传，然后再复制，再宣传。规模大到你几乎可以感觉到在信与信之间有条小链子，它始于马里普斯小镇，然后蜿蜒向西，直奔落基山脉而去……可即便这样，还是没有人收到钱，一毛钱都没收到。这些心怀热望的人们发了数以千计的要钱的信，可却出奇地不走运，收信的没一个是有钱人。

继那次行动以后，教堂在冬天里又搞了一次类似的活动。这次他们开展了一个义卖活动，活动由"女子协会"发起，卖场设在教堂的地下室里。所有的女孩穿上了那种从城里搞来的抓人眼球的服装，她们搭了柜台，上面摆上所有你能想到的可以拿来卖的东西，什么针线包、椅子垫、苦沙发用的布——任何你能想到的东西都拿来摆在上面！如果每个人都过来买点儿，还债就不是问题了，一下还清也不是没有可能。

这之后就是主教搞的幻灯讲座，主题是"意大利及入侵者"。放映机和幻灯片是从城里搞来的，虽然有几张幻灯片模模糊糊看得不很清楚，但总的效果非常好！该有的内容全都有了——茂密的意大利森林、鳄鱼、手里拎着棍子（象征侵略的标志）的光屁股入侵者。遗憾的是那天晚上天气特糟，飘着鹅毛大雪，连风都是一路打着旋儿似的吹来吹去。不然的话他们绝对能从这场演讲上赚到大钱。最后账算出来还是赔了，不过赔得寥寥，只是幻灯机给打碎了——这也是没法子的事。

后面还举行过什么活动我就记不起来了，印象中总是木林斯张罗那些活动，比如说租个大厅、印些门票等。你还记得我说过木林斯的父亲和主教德鲁尼是同窗来着这些话吧，虽然主教比木林斯大了35岁，可是他还得靠木林斯来张罗这些事，就像做生意，你得雇几个给你干活儿的人。木林斯呢，虽然他小主教35岁，但是他事事依靠主教，就像是教义里提及的那样——背靠磐石。

有一次两人灵机一动意识到公众喜欢的不是那些乏善可陈的指示性说教，而是轻松愉快的东西。木林斯说他知道笑是大家喜欢做的事情，如果你能让一帮人聚在一起逗他们欢笑，那接下来你说什么他们就会干什么。一旦他们咧开嘴巴笑了，就说明他们输了。据此，木林斯和他的人请来了在高中教英国文学的程潓①先生，挑个晚上的时间给大家介绍那些伟大的幽默作家（作家里有乔叟②和亚当·斯密③）。一行人信心满满，准备从这事儿上赚个盆满钵满——只要听众开口笑，他们就上道了，钱就来了——后来我听那些听众说他们当时确实是笑得厉害，间或还想喊两嗓子，直到碰到某个他们觉得不应该太过分的时候，才憋着不让自己笑出声来。他们说自己一生中还没遇到这样难挨的时刻——憋着不让自己笑出声，这感觉忒不好受！

事实上，当主席致感谢辞的时候，他特地提到如果多一点儿人知道这个活动内容，那效果肯定更好。可是参加这个活动之前大家只知道是程潓先生主讲，主题是英国幽默，一张座位票卖2角5分且门票价格没有高低区分。主席先生更进一步强调说如果大家稍微能对英国幽默有点儿了解，哪怕只是一丁点儿，那来听这课的人数肯定能过百。

经过几次类似的尝试后，债务事件不仅没有转机反而越来越糟，糟到几乎每个人都快泄气了。要不是后来木林斯灵机一动，想出一个办法（这办法古怪到不能想象，让人说不出来地讶异），这笔债是否能被偿清根本不好说。事情是这

① 原文英文人名为"Dreery"，为作者杜撰的姓氏，与"Dreary"相似，后者意为沉闷、阴郁之意。为了便于读者阅读及体现原文的幽默之意，此处翻译为"程潓"先生。

② 乔叟（Chaucer 1343—1400），英国小说家、诗人。

③ 亚当·斯密为经济学家，这里作者为讥讽之意，故意把他列为文学家。

样的：一次，银行给木林斯放假，他正好去了一个大城市，也就是在那儿他见证了大城市里的人民是如何筹钱的。这让木林斯很兴奋，一下车就直奔主教的宅子，那是四月天的某个傍晚，主教和他的三个女儿正端坐在前厅台灯旁的沙发里，木林斯义无反顾地闯了进去，嘴里还不停地嚷嚷着：

"德鲁尼先生！有了！我有办法了！两周我们就可以把债务搞定！让我们在马里普斯开展一场旋风运动吧！"

且慢！瞬间便从深渊蹿到顶峰，从死气沉沉到欢欣鼓舞，这变化也忒快了点儿，有点儿让人措手不及啊。所以我得先在这里打住，在下一章里告诉你那场发生在马里普斯的旋风运动。

第五章　马里普斯的旋风行动

提出旋风行动的人是在银行工作的木林斯。是他首先告诉镇子里的人什么是旋风行动，然后又仔细解释了怎么去付诸行动。原因是木林斯目睹了城里的一场给大学集资的旋风行动。

他说他忘不了行动结束的最后一天，他亲耳听见那些人宣布募集到的钱超过了大学需要的钱。那天的情景真是太震撼了——所有人都聚在一起，欣喜若狂，握手相庆，教授们流下了喜悦的泪水，系主任们则泣不成声。

木林斯说那是他人生中见过的最最感人的一天！

所以呢，曾经见证过也被感动了的木林斯先生，肩负起向其他人解释旋风行动应该如何实践的义务。他的心得是：首先得有几个生意人要在一起坐坐，但是一定不要折腾出动静。是的，一定要没动静才行，这点很重要，越是悄无声息越好！然后大家一起讨论。这些人当中的某些人势必会约另外一个人吃个饭，吃饭当中顺便谈谈此事。然后呢，这两人再去约第三个人，没准儿还带上第四个人，这样四个人中午一起吃个饭，再大体聊一聊这个事情，捎带也谈谈其他事情。以这样的方式开始后，这个事情就会被不同的人以不同的角度审视一番。当上述一切做完，这事儿差不多就有了三分眉目。接下来可以成立一个中央委员会，下面再成立几个分会，每个分会都得有组长、负责录音的人以及秘书，然后挑个日子——旋风行动正式启动！

每天，几个人就聚在一个固定的地点碰面，午饭当然也要一起吃，可以去饭馆、俱乐部或者其他吃饭的地儿。只有这样，大家才能越来越齐心，每个人越来越兴奋，直到那一天来到，委员会主席宣布旋风活动取得了胜利，然后就会出现木林斯描述的那一幕。

这就是马里普斯的旋风行动。

我不想评论旋风行动的本身。我也不是说该行动就是个败笔。正相反，它在很多方面都很成功，只是结果没有像木林斯最初预测的那样而已，原因也许是马里普斯和大城市还是有区别的，这种区别外人第一眼不容易看得明白。或许当时采用另外一种行动计划会更好些。

不管怎么说木林斯这些人还是一步一步把事情落到了实处。他们先照着生意人是怎么聚到一起做事的方式开始了行动。

首先，是这样的，木林斯先去找德芙先生，当然不忘手里拎瓶酒，两人大谈特谈，直到把事情谈通透了。第二天晚

上乔治·德芙回访木林斯，手里拎了瓶苏格兰威士忌，如此这般两个人来来去去谈了几个晚上后，再拎上一瓶酒——这次还是黑麦威士忌，开门见山去找皮特·格拉夫。然后他们三个人一起约上摄影师摩尔去法官帕帕雷家打扑克。紧接着第二天木林斯、德芙、艾迪·摩尔、皮特·格拉夫，还有法官一行5人叫上哈里斯去湖上钓鱼。第三天这6个人一起约上邮局局长阿尔发·特劳尼，一行7人溜达去了马里普斯大市场。第四天，木林斯、德芙还有……

嘿！我看我也不用详详细细地给您描述了！您已经明白这种运动是怎么一回事了吧？一句话，这场运动显示了机构组织的强大力量。

我这里还要提醒一句，整个旋风行动期间，他们都在谈论这事儿，从这个角度考量一下，再从那个角度想一想——事实上，他们是按着城里人如何处理重要事情的路子去做这件事的。

事情有了眉目后，一天晚上，德芙问木林斯（直截了当地）是否想过做中心委员会的主席。问话人是如此单刀直入以至于木林斯都没有拒绝的时间，不过他也用直截了当的方式回问德芙是否愿意做委员会的财务部长，德芙自然也没有机会推脱。

一个星期内组织机构已经初具规模，他们组建了大中心委员会。下面有6个小组，也可以叫作下属委员会，每个委员会20个成员，每个小组设一个组长。他们这样安排纯是为了委员会的效率。

第一个小组里全部都是银行家，除了木林斯、德芙和总佩戴玉石做的领带别针的帕普金外，还有另外四个人。几个人还去艾迪·摩尔的照相馆拍照，背景是一派严冬景象的冰川，相片里的几个人目光敏锐。这事儿您也晓得，如果你要做的事情和钱有关，还能找到一帮银行家做你的代表，那你的胜算就大多了。

第二组里全都是律师，尼文斯和麦卡尼还有别的律师头脑冷静，和别处的律师没什么两样。和镇子上的律师在一起工作，你就觉得自己收获了一个智囊团，没有律师，你根本就没有那个智商把事情开展下去。

第三组里是生意人。这个组应该实力雄厚，哈里斯做马具生意，格拉夫开五金店，两个人都是那类话虽不多，但性格沉稳，能告诉你一块钱到底有多少分的踏实男人。我不是说读书人干不了大事，但是如果你强调做事效率和动力，那还是要找生意人。城里的人早就明白这个道理，马里普斯人也一样。不信你看看那些城里人，只要事关重大，如果让他们发现鼓弄这事儿的人是个读书人，他们立马开除他——连一分钟都不耽搁。这也是为什么有的生意人必要时也得掩盖一下自己读过书这事儿。

其他还有医生组、报业组以及包括法官帕帕雷和拍卖家约多的专业人士组。

　　每个队伍都很正规：有自己的总部，其中两个组的总部设在那三个酒店当中的一个，只不过其中一个总部办公室在楼上，另一个在楼下。每天管一顿中饭，中饭是在斯密斯的咖啡店里吃——那个店在街拐角处，挨着斯密斯北方健康疗养所和微萨诺蒂钓鱼者之家，你知道那地方的。午饭放在桌子上，分成几份，每组的队长负责喝什么，当然了，每张桌子的人喝起来都不输别的桌子。生活的意义不就是在于竞争嘛！

　　行动这种事情，一旦被组织起来，那就好办多了。以大家第一次聚到一起会餐为例，所有的人都到齐了，组长坐在最边儿的座位。对于某些人来说，吃饭可不是一件容易的事儿，他们都是在自己的店里或者银行的办公室里忙到最后一分钟，然后冲刺到达酒店。这差不多是我见过的最完美的团队活动了。

　　你肯定已经注意到大部分的组长和委员会委员都不是教会成员。比如说格拉夫以前是长老会的，后来长老会的主教为了建自己的宅子占了格拉夫的一块地（宽2英尺左右），这一事件让格拉夫成了一个信仰自由的人。在马里普斯，人人都喜欢掺和，旋风行动又是个新鲜事物，不管怎么说，仅仅因为宗教信仰不同就不让人家来吃午饭，这事儿说不过去。那种拿宗教说事儿和人找别扭的时代早就一去不复返了。

当然了，最高潮的部分是当木林斯在众人面前大声朗读信、电报和信息的那一刻。他首先读的是来自英国大主教的贺电，电报里大主教称木林斯为"亲爱的翩翩有礼的兄弟"[1]，可是马里普斯电信局有点儿不太靠谱，他们写成了"亲爱的'片片油里'的兄弟"[2]，不过那都是小事情，重要的是主教大人电报里说他此刻最想做的事情就是和他们待在一起，肩并肩参与到旋风行动中。

木林斯又读了一封来自马里普斯镇长的贺信，那一年的镇长是皮特·格拉夫，镇长也表达了自己希望和他们在一起的念想；接下来是来自马车行的信，信里献上最真诚的祝福；还有一封是肉品加工行的信，说加工行最盼望的就是此时此刻能和他们坐在一起。最后木林斯读了一封他以兑换银行经理的名义亲笔写的贺信，里面的内容不说你也猜得到，无非是说自打他听到有这样一个行动计划，便鼓励自己说兑换银行一定会全心全意地支持由他本人亲自倡导的旋风行动的。

木林斯读这些电报和信的期间，掌声阵阵，搞得你既听不清自己在说些什么，也听不见别人的讲话。轮到木林斯要演讲了，他首先敲了敲桌子（重重地）示意大家安静，然后掷地有声地发表了一番看法，演讲时他用的是生意人的派头，一般点儿的教书匠拿不出那个范儿，也说不出那样的话

① 原文为Dear Brother in Grace，有雍容雅致、彬彬有礼之意。
② 原文为Dear Brother in grease，"grease"为油腻的、不干净之意，此处指电报局拼错了单词。

来。我真希望自己能给您照样学一遍，开头好像是这样的：
"啊，年轻人，你目标明确，啊，难道不是吗？"——可以说
整个演讲充满了打动人心的话语。演讲完木林斯掏出一支自
来水笔，写了一张100元的支票，当着众人的面宣布如果旋风
行动的募集总额达到5万元，他就捐了这100元，欢呼声立刻
响彻了房间。

　　就在木林斯刚写完支票，乔治·德芙像弹簧一样蹦了
起来（谁都知道在马里普斯银行之间的竞争很激烈，做生意
嘛，总是针尖对麦芒，直来直去），只见他也写了一张100元
的支票，前提是募捐总额达到7万块，这100元就归旋风行动
小组，这下欢呼声更猛烈了。

　　接着奈德里走到桌子前面，啪地放下一张100元的支票，
说只要募到10万元，这100元就捐出去！这时房间里简直沸腾
了，10万元，想想吧，这个数字太惊人了，在马里普斯这样
的小地方5分钟之内募到10万元！

　　可是好戏才刚开头，和后面比起来，前面这些可以说根
本不算什么！转眼之间，一大群人忽地把木林斯围在当中，争
着问他借钢笔签支票，搞得木林斯的衬衫上全是甩上去的墨水
印子。等到房间里终于恢复了秩序后，木林斯站起来宣布此次
活动募集到25万元，不过这25万元捐款全是有条件的。整个
房间立时炸了窝，呈现出一派欢天喜地的气氛。啊！这样的旋
风行动真是精彩极了。

我可以告诉你的是，打从那天起，委员们个个都是一副豪气冲天的模样，木林斯看上去也是双颊绯红，脸上挂着掩饰不住的兴奋之色。他上身还是穿着那件白色马甲，口袋里插着一枝娇艳欲滴的玫瑰花，马甲上的墨迹随处可见（那是签支票时甩上去的）。他逢人就讲，说老早就知道应该这么做，还有，他在大学里看到的旋风行动是如何如何，那些教授是如何双眼含着热泪，他还说不知道马里普斯高中的那些教师会不会参加最后一天的募捐会。

　　回顾马里普斯的旋风行动，我从来没觉得行动是失败的。毕竟，那种肩并肩作战时的同心同德和兄弟般的情谊可遇不可求。要是那天晚上你看到那些募捐者与委员会的委员肩并肩昂首阔步从马里普斯市场走到大陆酒店，再从那里去了木林斯住的地方，然后又去了德芙的宿舍，你就会体会到我说这番话的意思。

　　我不说每次聚餐活动都像第一次那么成功。如果你是个生意人，是不那么容易随随便便就离开店铺的，相当多的旋风行动小组的组员发现自己只能是匆匆跑去就餐的地方，拿上点儿吃的再返回自己的店铺。可即便是这样，他们也尽量来参加聚餐——能拿点儿是点儿。只要有聚餐，他们就来。他们心急火燎地跑来，只能拿点儿吃的喝的东西，也根本没有时间和旁人说说话，可即便这样，他们还是坚持来参加聚餐。

不，不，绝对不是因为组员们缺乏热情而使得马里普斯的旋风行动半途而废的。肯定是别的什么原因。我也说不出个一二三四，但我觉得钱是一个原因，事情肯定和记账有点儿关系。

行动失败这事儿应该和组织构建有关，可能一开始组织者就没有计划周全。您看，如果每个人都被吸纳进委员会，你好像真找不到一个人去游说他捐点钱，再加上组长和小组成员之间不允许互相说服对方为自己捐点钱（他们如果捐钱，前提必须是自愿），这下各个小组的人唯一能做的就是等在某个地方——比如说斯密斯酒店里的酒吧过道——希望下一个进来的人是自己的游说对象。

你也许会问为什么他们不找斯密斯先生捐点钱，那是肯定的了，行动一开始大家就想到了斯密斯，下面这事儿我应该早些时候就提一下——斯密斯给了委员会200元，并且是现金，条件是聚餐的地点定在他的酒店。但是要想做一顿合适的午餐——我是指那种如果主教大人不能参加便会感到遗憾的午餐——而且要按照价钱每人少于1元2角5分的标准来做实在是有点难。所以斯密斯又要回了自己捐的200元。后来聚餐吃的都是善款了，事情也越来越复杂，人们纠结于到底是再吃一次，这样收支就平衡了，还是马上就停办旋风行动，最后一次会餐干脆不吃留着。

事情确实是让人失望。尽管大家还算是团结一致，但结果还是不尽如人意。我并不是说旋风行动这事儿一点好作用没有，实际上通过这次行动，好多人都增进了彼此之间的了解；我就亲耳听到法官帕帕雷说旋风行动使得他对皮特·格拉夫了如指掌，也算是随了他自己的一桩心事；类似的感慨还有好多……说起来旋风行动的问题是出在好多人不知道自己是该像旋风一般主动行动起来，还是等着被旋风吹得行动起来。

我相信有些人对这次旋风行动感情上投入很深，木林斯就是一个（这点你完全可以感觉得到）。第一天聚餐，他身穿白色马甲，胸口别一朵火红的玫瑰。第二天聚餐的时候，木林斯身上的衣服换成了灰色马甲，口袋里别的是粉色石竹花。第三天他改穿开襟紧身羊毛衫，口袋里的花儿换成了一朵已经枯萎了的黄色水仙花。到了最后一天，也就是高中教师那一帮人出席聚餐会的那天，木林斯穿着银行制服就去了，而且脸都没刮，看上去胡子拉碴，萎靡不振。当天晚上木林斯便去了主教的宅子，向主教汇报行动的进展情况。

主教大人一直不去参加聚餐是事先安排好了的，目的是等募捐结果出来后给他个惊喜。所以主教这边听到的一直是聚餐的规模很大、来了很多人、场面沸腾之类的消息。我听说有一次他还在报纸上看到一个有两英寸那么大的字体写的标题：一百万的四分之一，不过因为德鲁尼先生怕提前知道捐款数额会冲淡了接踵而来的惊喜，所以他愣是克制住了自己，没有读完那个新闻。

木林斯去了主教的宅子我是亲眼看见的。虽说已经是四月中旬了，可大街上到处是残留的积雪，天色也是暗沉阴冷。木林斯一边走，一边把牙齿咬得咯咯响（我知道那张有条件才会捐出去的一百元支票被他揣在口袋里）——马里普斯的骗子太多了！最好还是在城里的总部工作，省得和这些下流坯打交道。

夜色中主教大人出来给木林斯开门，他身后的宅子透出隐隐的灯光，主教和木林斯握了握手，两个人前后脚进到主教的屋子里。

第六章　小山上圣灵的灯塔

　　木林斯后来说当时的情景比他想象的要容易得多。他说主教看上去很平静。当然了，如果主教对木林斯破口大骂或者胖揍他一顿，事情就难办多了。但是主教大人是如此平静，有好一阵儿干脆就是在走神，剩下木林斯一个人在边儿上自言自语。看到主教对自己这样的态度，木林斯心里很是宽慰：这说明他木林斯没有让主教失望，更何况在某些方面主教本应感到失望的……

　　当时的情况是这样的：两个人交谈的过程中，当木林斯说运动是被那些讨厌的骑墙派给搞糟了的时候，主教才开始有所反应，脸上流露出激动的神色。他直截了当地问木林斯是不是那些骑墙派导致了运动的失败。木林斯回答说事情是明摆着的，主教接着又问是不是那些骑墙派的所作所为导致所有的努力都付之一炬，木林斯回答说是这样的。之后主教以基督圣灵的名义又□□了一句，是不是那些骑墙派也可以贻害无穷。木林斯回答说一颗老鼠屎坏了一锅汤。问完这几句，主教开始沉默，不再说话。没过一会儿，主教又开口了，这次是扯到自己不该耽搁木林斯太久，已经挽留他这么长的时间了，木林斯这会儿肯定很累，毕竟坐了那么长时间的火车呢，他现在最好赶紧睡上一觉攒攒精神。至于主教自己呢，就没有木林斯这种花钱都买不来的可以蒙头大睡的好福气，因为他得赶紧去书房，还有几封信等着他写哩！知道进退的木林斯先生马上就明白了主教话里的意思，赶忙说自己不该再打扰下去了，现在就告辞离开。

　　木林斯从主教那里出来的时候已经是深夜了，这是个乌漆麻黑伸手不见五指的夜晚，四周静悄悄听不到一点儿动静。这应该是事实，因为后来木林斯在法庭上就是这么说的。他说那天晚上乌漆麻黑伸出手看不见手指头，不过后来轮到法庭律师盘问他时，他承认天上也有星星，还说虽然有星星但是一点儿都不亮，不过他到底没去数夜空里究竟挂着几颗星星；可能也有路灯，如果你非要说那天晚上月亮还挺亮，他也不能说自己没看到月光。但是，那天晚上肯定没有太阳！这一点他很肯定。那些星星、月光、太阳　木林斯在法庭做证时和盘托出，一点都没保留。

　　木林斯走在大街上的时候，主教大人正坐在书房的桌子前面写那几封信（他在教堂布道用的稿子通常都是在这张桌子上完成的）。窗外　光秃秃的枫树泛着银光，教堂在夜色中勾勒出清晰的轮廓。再往远就是主教星期天常去的墓地了

（我之前告诉过你他去那里的原因）。因为主教书房的窗户面向东方，所以比墓地稍远的地方就是新耶路撒冷的圣城，再没有比这座圣城更好的风景，也再没有比这样的环境更让人倾心于写点儿什么了。

但是今晚的这几封信可不好写。只见他一只手拿笔，另外一只手扶着微微低垂的脑袋，好半天才划拉出一行，大部分时间都是干坐在那里苦思冥想。事实上，他也不是要写好几封信，只是写一封信，而且是辞职信。如果一个人40年都没有辞过职，那写封辞职信这样的活儿还真不是那么容易的。

这一点主教深有体会。只见他先写了几个字，然后坐直身子，沉思半晌后又写下几个字，斟酌一番后，还是觉得没一句写得称自己的心意。

恐怕主教自己也没有意识到写不出来是因为他一向对遣词造句要求颇高，如果写出来的东西不是"惊世骇俗"，给不了读者那种"不是一般人""不走一般路"的印象，就绝不罢手。

既然五十多年前德鲁尼还是学生时就赢得过希腊语的奖牌，那么只能说是他本应成为一个伟大的作家，可事情出人意料地发生了转折且生生埋葬了他的作家之梦，就像杰夫·索普本应成为伟大的理财师一样。实际上在马里普斯很多人的命运都给"扭"到了歪路上（这种情况别的地方也不少见）。比方说拉尔森，本应是电波的发明者，可现在只是个发报员。同样只要你读一下秦汉先生给自己的生意打的广告，你就觉得他本应成为一个诗人，他笔下的那些思考死亡的句子比布莱恩特[①]都写得都扣人心弦。这样主教东拉西扯地写了几句，可没有一句让他读起来满意。

一开始，他是这样写的：

"四十年前，我来到你们中间，那时的我，精力充沛，心怀希望和理想，而且意志坚定……"写到这里他打住了，觉得用词不准确，表达不清晰。他又使劲读了读，想了想，重新提笔道：

"四十年前我来到你们中间，那时的我，是一个无比忧郁、心碎得无处安放的大男孩儿。看不见生活的希望，一心只想献身这片教区，就好似一棵还没绽放就给打蔫了的……"又卡住了，他重新读了一遍，眉头不由得皱起来，可不能这么写，这也太自我，太凄苦，太自怨自艾了。于是他又推倒重来：

"40年前我来到你们中间，那时的我，一个气度翩翩、经纶满腹的青年才俊，除了数学有点儿……"还是不行！主教手中的笔顿在那里，他想起了他的数学老师，那个对自己的使命没有一点儿责任感的家伙，那个忘了教自己对数的家伙。想着想着，他猛地意识到自己的思路又耽搁到那个可恶

---

① 指威廉·卡伦·布莱恩特（William Cullen Bryant，1794—1878），美国早期自然主义诗人。

的数学老师身上了，这下好了，以前写下的东西也接不上了。于是他决定一笔勾销刚才写的那些东西，特别是那些带有私人感情色彩的句子。这样也好，写起来能简单些，效果也不差。于是他又写道：

"先生们，在一个教区的发展过程中，总会遇到这样的时代，这样的阶段和关头……"得，又卡住了，可是这次他要求自己必须写完。

"这样一个教区发展成为头等大事的阶段和关头。"主教知道自己完蛋了——他实在写不下去了。

他抬起头，盯着窗外教堂的剪影看了一会儿。那座建筑物的轮廓如此迷人，让你不由得觉得新耶路撒冷之光就在它的后面。主教低下头，准备再写点儿什么，不过这次是写给木林斯而不是世界人民。

"我亲爱的哈利，我想把教会的职务辞了，你能否过来帮帮我？"

就这样，当主教大人终于不打算再撑下去时，窗外已是夜深人静之时。他站起身，抬头向窗户的方向看了一眼，紧接着看了第二眼，瞬间，主教的眼睛睁大了，他转过身去，开始仔细地盯着窗外。

那是什么？东方天空中发光的地方？他不能断定远近。难道是新耶路撒冷之光降临了？咦？看着好像是教堂，到底是什么东西？那个一团红色的东西——就在脏兮兮的窗户外面闪着，把窗户都映成了橘红色。好像是火苗一样的东西现在已经从地下钻出来向山上蹿去，沿着林子的边儿看，那火苗已经舔着了教堂的窗户蹿向夜空。玻璃被烧得喀啦啦直响，火光点燃了夜空，光秃秃的树干和刚才还浸在沉沉夜色中的马里普斯街道瞬间被火光照亮了。

火！火！警铃大作，打破了夜晚的宁静。

主教大人整个人僵在那儿，他一只手扶着桌子努力撑住身体。镇子上铃声大作，整个马里普斯都被唤醒了，人声嘈杂，各种声音交错混织在一起——消防队员跑来跑去的声音，敲锣声，呼喊声，在所有的声音中，最明显的是教堂横梁和椽顶在被燃着后发出的哔哔啵啵的声音，火苗直冲教堂的塔尖，很快，燃着的塔尖变成夜空中的一束火炬，火光熊熊。

主教站在那里望着窗外……当教堂陷入火海，彻底变成了一座山顶上的灯塔的那一刻，主教身体轰然向前倒下，脸狠狠地磕在桌子上。

你真得看看在马里普斯这样的地方发生火灾时是怎样的一种情景，镇上一半的建筑都是木头做的，这下人们可知道火灾的厉害了！如果火灾发在城里就不一样，对城里那些观望火灾的人来说，观火等于观景，仅此而已，因为灭火行动肯定会被组织得有条不紊。像马里普斯这场几乎像梦魇一般要摧毁镇子的大火，城里可能一百年也遇不上一次！

这就是在那个4月的晚上发生的事情，英格兰教会在马里

普斯的分会教堂被付之一炬。如果火势再蔓延100公尺，甚至不到100公尺，就能从教堂后面的那个停车棚子一直蔓延到主街上的那些铺子，那些可都是木头的建筑物，一旦这样的情况发生，就是把整个微萨诺蒂湖里的水全运来也不够扑灭这场大火。

所以掐断那100公尺的火焰成了灭火工作的主要任务。那些听到午夜的火警铃声便爬起来的人们从后半夜一直奋战到第二天清晨。他们全力灭火，不是为了扑灭教堂的火势——那房子一开始就注定要烧光的——而是为了控制火势，不让火苗蔓延到镇子上。于是人群奋战在窗户边儿、被火焰吞噬的大门旁以及钟楼底下，他们在几乎要把人吞噬的热浪中奋战。来吧！大街上，车呼啸而来，又呼啸而去，到处是火光，像是魔鬼之间的撕扯，云梯架上了，一股股的水流从消防水龙头里冲出来压住了火焰。

大部分人冲到教堂后面的那个汽车棚子救火，生怕火势从那里蔓延到主街上的商铺。汽车棚子成了挽救镇子的灭火主战场。你若是看到那一幕就好了：救火的人用消防水龙头猛冲汽车棚子房顶上的油毡，一心想要用水压的力量把油毡从屋顶上冲下来。还有一些人手拿利斧跃上房顶，拼命地砍着小棚子的房梁，目的是把它放倒。缕缕黑烟在勇士们周围盘旋，肆无忌惮。最后，大伙儿搞来了一匹马，给它套上一条链子，链子另一端拴在棚子的支柱上，目的是把棚子拽倒，从这里切断火源。

其实我最希望你看到斯密斯先生，就是那个斯密斯酒店的主人。只见他出现在房顶上，头戴救火钢盔，挥动手中的大斧猛砍那些雪松木的房梁。那房梁可真结实啊，横竖都是十二根，房顶有些地方和一些椽子已经倒了，棚子十几处都冒着火苗。好些人屈于火势和浓烟的淫威，不得不撤离了火场。可斯密斯没有！只见他稳稳地矗立在歪斜的横梁上，像一棵深扎入土的植物。斯密斯280磅身体能有的力量全落在他手里的那把斧头上，每砍一下，斧刃都深深地嵌进木头里。我跟你说，就那把斧头！那是只有北部林区里的男人才能抡起来的巨斧！右，左，右，左，巨斧落下去，没有丝毫犹豫停顿，心想之处便是斧到之处，准确程度分毫不差。砍这儿！来！再来一下！终于，人群中发出一阵欢呼声！大梁倒了！碎片四溅！斯密斯稳稳地落在地面上，吆喝着（也可以说是咆哮着）指挥人和马拖拽着棚子，那嗓门，非得要在气势上压倒这场大火。

究竟是谁让斯密斯成为那天晚上马里普斯救火队的头儿，这我可说不上来。我甚至都不知道他是从哪里找来的一个红色巨无霸头盔戴在自己头上的，直到那个晚上，就是教堂被付之一炬的晚上，大伙儿才知道斯密斯原是镇子救火队的志愿者。这也正常，小身板儿的男人也许会组织，会计划，但是当事情摆在眼前，总是那些块头儿大的男人站在第一线。看看俾斯麦、格莱斯顿、塔夫脱总统①，还有我们的斯密斯，哪个大块头的男人不都是充当先锋的佐证？

我个人觉得这事儿也很正常。斯密斯来到现场，戴上头盔，指挥大家伙儿往东还是往西，像俾斯麦指挥整个德国议会那样对马里普斯救火队发号施令，他做出这番义举，简直是太自然不过了。大火是后半夜燃起来的，一直到天亮，人群还在灭火。夜晚火光冲天，整个镇子被照得雪亮，火苗舔着光秃秃灰扑扑的枫树。火光中，你能看见结冰的湖面上覆盖着的皑皑白雪。大火把教堂彻底变成了一座灯塔，坐在夜晚经过大湖的特快列车里的乘客在20英里外都看得清清楚楚。这场大火也可以称得上是神迹了！在马里普斯这个镇子上也是千古未见！以后也不会见到这样的事情发生了！房顶烧塌了，教堂的尖塔给烧得摇摇欲坠，塔尖倒下来的那一刻，黑暗吞没了四周，树的轮廓、结冰的湖面瞬间消失得无影无踪，不复存在。

当晨光初现，马里普斯大教堂已经被烧得只剩下几堵湿漉漉的砖墙和一堆烧黑了的木头。消防水龙头不停地浇着几处残留的火苗，水到之处，余火仿佛一头刚刚被压服的气咻咻的动物，嘶嘶作响。镇上的人在废墟处走来走去，指指点点，说塔尖的残骸掉在哪里了，教堂的钟已经给烧化了，熔

① 这三位历史上的政治家都具有事必躬亲、身材魁梧、神情严肃的特点。作者特意用他们的形象来和斯密斯对比。

成一团废铁混在砖瓦堆里。他们估算这场大火造成了多少损失，再建这样一座教堂还得多少银子，教堂有没有保险，保了多少，等等。至少有14个人说自己是第一时间看到大火的人，比这个数字还多的人说自己是第一个拉响了警铃的人。太多的、数不胜数的人声称自己知道怎样预防这类的大火。

最引人注目的还是教区委员会的主席木林斯和那些正副委员们，他们三人一组，说着这场大火。后来保险公司的人也从城里赶来，跟着的还有火灾评估师，他们也在废墟上四处转悠，时不时和委员们交谈几句。你能感觉到那天镇子上的人都很兴奋，兴奋得好像在过公共假日似的。

但是接下来的事情才是最奇怪的。我不知道主教的数字是怎么算错的，那得是算术多差的人才能得出那么个数字（这肯定还是和那个数学老师有很大关系）。不管怎么说，英格兰教会马里普斯教堂的投保金额为10万元整，这一点是板上钉钉的事实，而且发票和凭证都拿出来了（和其他文件相比没什么两样），是直接从主教书房桌子的抽屉里翻出来的，这一点千真万确！保险公司当然可以抗议，可事情明摆着，教堂投保的数字两倍于其所有债务加上主教薪水再加上主教最小的女儿的住宿费的总和。

这才是旋风运动！什么集资筹钱，这才是来真的！那些大学和城里的机构采用那种又慢又熬人的筹钱办法，冠以什么"旋风行动"，用那种招数一天也就能募到5万元吧，哪里能比得上现在这个简单利落的法子呢？

这座让教区群众背负重担的神迹终于付之一炬，那些债务利息也随之灰飞烟灭，这大大振奋了那些虔诚膜拜神迹的人们的信心。打那天起，凡是说到小山上的灯塔，没一个能比得了马里普斯这座被付之一炬的"灯塔"。

真希望你能看见那些正副委员和主席木林斯微笑的脸蛋儿和咯咯偷笑的表情。这些人不是一直在念叨什么"要还清那些债务，只需一点信心、一点努力就足够"这样的话吗？这不就是嘛！也真让他们给说着了。

保险公司要抗议了？启动法律程序以免赔付？我的天咧！你一点都不了解马里普斯法庭的特点。我曾经说过，马里普斯法庭可是英国式司法公平系统最精确的载体之一。所以，还用得着没完没了地解释吗？帕帕雷法官分分钟之内就做出决定，认定起诉不成立，驳回保险公司的要求上诉的提议！是不是只有帕帕雷法官断案才能做到如此神速，这个我可不知道，但是我知道法庭绝对捍卫了基督教区群众的权利——引用判决书上的原文就是——在提防那些骗子的诡计，阻止他们发昧心财上，马里普斯法庭要做到"前无古人，后无来者"。帕帕雷法官甚至当庭"威胁"原告说，监狱可不是光给被告准备的！而且还甩给原告一些更严厉的警告！

没人知道大火是怎么烧起来的。一个奇怪的说法被传得沸沸扬扬，说有人看见斯密斯和秦汉的助手那天深夜抬着一个大煤油桶（是那种汽车用的油桶）在街上走过。但是这种说法被法庭彻底否决了，斯密斯自己出的证据。他发毒誓——不是他申请执照时发的那种稀松平常的誓词，而是那种异常狠毒的死呀活呀的誓言——他说他没有拎着煤油桶在街上走过，可又说那是他见过的最烂的煤油了，连桶糖浆都抵不上。法庭采纳了斯密斯的证词——没人再传谣了。

我们亲爱的德鲁尼主教呢？他身体好了吗？为什么？为什么你要问这个问题呢？你是问他中风后大脑受没受影响？没有，没受影响！绝对没有！可以说一点儿都没有！虽然在马里普斯，见到他的人多多少少都认为他的心智由于中风还是受到点儿影响了，可我是一点都没看出来。你也许已经听过了德鲁尼的助理阿特姆斯在新教堂的布道，就是他顶替了主教的工作，不过那和德鲁尼先生的脑袋是否受到刺激没什么关系。主教大人现在的状态可能仅仅是因为工作压力太大。后来教区委员们一致认为，因为情况特殊，主教要管的事情面儿太广，所以需要他放下身上肩负的一些担子，以便能把更多的精力放在幼儿班上。事实上只要他能管好幼儿班就可以了。下午的时候，从幼儿班窗户传来稚嫩的声音，你若是站在枫树底下侧耳倾听，便知那是主教和那些小孩子正在殷切交谈呢！

说到听众，说到听众理解力和注意力，那我这样告诉你好了：如果我想找一批听众，只要他们的心智能理解休伦湖是一片大得不得了的湖泊就行，那我就去找那些幼儿班的孩子。在那里，你面对的是一双双碧蓝的眼睛、一颗颗纯净的心灵（纯净的心灵总是有无限遐想的空间）。当然了，你和成人聊天也可以无所顾忌，但是如果只想找一小堆人群，你说他听，而不是交谈，那莫不如来幼儿班。孩子们戴着奶嘴围裙，手里抓着泰迪小熊，坐在座位上小脚丫拉着还够不到地面。这样一来，阿特姆斯主教也可以利用继任的机会，好好和教众探讨一下他心里那些由批判主义引申出来的新形式疑问。

这下你明白了吧，主教大人根本就没糊涂！不仅不糊涂，还更敏锐！头脑更清晰！如果你非得找个证据，那就去看看他是如何在树下读希腊文的：他告诉我说他现在读希腊文著作和以前比，可以说从来没这么轻松过，那是因为他的头脑现已变得超级清醒。

而且，每当他悠然自得地端坐在开满繁花的树下读希腊文书籍时，可以听见书里歌声徜徉，仿佛他死去的老伴也在里面唱歌呢。

第七章　帕普金先生陷入情网

　　帕帕雷法官的大宅子建在奥尼达大街的高处。宅子里铺的是硬木地板，宅子外连一个宽大的露台，从露台看出去，奥尼达大街就在脚下，微萨诺蒂湖水尽收眼底。

　　每天下午五点半，帕帕雷法官从马里普斯法院的办公室走着回家。有时候刚走到院儿门口，他就开始大声吆喝起自己的老婆来：

　　"神圣的摩西①啊，玛莎！谁把洒水器丢在草地上了？"

　　有时候离着他家门口还有好长一段距离呢，他也喊上了："我说孩子他妈！晚饭做好了吗？我可是饿了。"

　　帕帕雷夫人对丈夫回到家是开心还是生气这事总是丈二和尚摸不着头脑。当法官冲着洒水器以圣人之名赌咒发誓时，他的眼镜片一闪一闪的，像炸药包爆炸，火光四射。但是当法官喊的是"我说孩子他妈"时，镜片上又分明散发着一种独一无二的亲和力。

――――――――――

① 《圣经》人物，犹太先知，曾把希伯来人从埃及人的手里解救出来。

要我说法官之所以呼来喝去是为了表达他内心巨大的愤怒："受苦受难的凯撒呀！是不是那只坏狗又咬天竺葵了？"可有时候，他哄起家里的那小狗来，声音好听得像唱歌似的："你好呀！洛夫！过来，小宝贝儿。"

有时候，正在看报纸吃早饭的他会猛不丁地站起来，嘴里发出一声痛苦的长号："永恒的摩西啊！自由党在东阿尔①赢了?！"有时候，坐在餐桌边上的他突然身体往后一仰，春风满面地嚷道："哈哈！保守党刚赢了南诺福克②。"

您千万不要以为帕帕雷先生思维有毛病，他可是个再正常不过的法官。对于一个敏感的、整日里精神处在紧张状态的男人来说，还有什么比到处乱放的洒水器让他讨厌呢？对于一个心眼儿不错、气性也不甚大的男人来说，还有什么比一顿做好的晚饭更让他开心的呢？还有，一只见了主人就高兴地一路小跑着过来的小狗和一只动不动就咬家里的天竺葵的老狗放在一起比较，你喜欢哪个？讨厌哪个？这都不用说嘛！

至于政治方面的观点，那就更合情合理了。当保守党在各地都笼络住他的选民时，帕帕雷当然高兴了。当他看到那些好男人加入竞选的战斗并且赢了时，他当然要喜不自禁！

我猜法官之所以情绪化是因为他整天都得坐在庭上聆听案件陈述，然后就得了那种法律人才会有的暴脾气。只不

---

① 加拿大地名。
② 加拿大地名，这里指法官帕帕雷为保守党人。

过和别人比，帕帕雷法官的脾气好像稍微大了点——有一次他一脚踢碎了一个绣球花花盆，原因是那个该死的植物不肯开花，这也是我亲眼所见。还有一次，他把一个金丝雀笼子狠狠地扔到紫丁香丛里，只是因为那只该死的雀子聒噪个没完。这就是法律人脾气中的最明显的例子。很多法官都有这样的脾气个性，和帕帕雷法官的表现如出一辙。

我觉得法官脾气大和他必须要给人下达判决书这事儿也有关系。不管怎么说，帕帕雷法官还是具备精准地下达判决书的能力的，当然，这种能力的获得和他在法庭外和法庭内所花费的巨大精力是分不开的。帕帕雷法官四处散发他对土耳其苏丹、潘克赫斯特夫人[1]还有德国皇帝的宣判意见（那些文字足以把一个人的热血给激冷了），这事儿我也听说过。夏天的傍晚，他坐在自家露台上读报，读着读着，眼镜片上突然火花四溅，像炸药爆炸了似的，那是他心里正在判决俄国的沙皇必须得到盐矿上服10年苦役，几分钟后，10年可能会变成15年。帕帕雷法官常常看国外的报纸——报纸上报道的事情他当然无力改变——不过常读读那些新闻可以让他从狂野的、激荡人心的痛苦中磨炼心志。

了解这些后你自然能想象得到法官宅子的门槛儿有多难迈。特别是对帕普金这样的人，那简直是比登天还难。站上

---

[1] 潘克赫斯特夫人（Mrs. Pankhurst，1858—1928），英国人，主张妇女应有参政权。

那个阳台并且还要装着若无其事的样子打招呼确实是胆大之人的作为："您好吗？法官先生，簪娜小姐在家吗？没有？哦，那我就不打扰了，谢谢。我该走了，我只是来打个招呼。"能做到这些，一个男人肯定是具备相当大的被叫作"勇气"的东西。除此之外他还得把脸蛋儿刮得干干净净，别领带夹的角度必须正点，以防过会儿不安地揪扯领带时别人留意不到他的那个领带夹（那可是一个相当于宝石微雕的工艺品）。还有，他要提前半个小时到达，先让自己在法官宅子门前的丁香树丛中平静一下心情再进去。从法官家出来后帕普金就不那么紧张了，在奥尼达大街上可得溜达好一阵子哪！

这就是你们口中那叫做"爱情"的东西吧。如果你碰上这样的爱情，并且能做到把脸蛋儿刮得干干净净，把靴子擦得油黑锃亮，那我说你连那些看上去根本不可能做到的事情都能做到！是的，我是说任何事情，连下台阶被一只小狗绊倒这样的事情你也能做到！

请不要兀自猜测帕帕雷法官就是一个不容易接近的疾言厉色之人。就连帕普金也不下这样的断言。不信你看簪娜·帕帕雷是如何毫无顾忌地搂着法官的脖子，嘴里一连串儿地叫着"爸爸""爸爸"的，即便给露台上挨边儿站着的那两三个年轻人看到也不在乎。那几个年轻人一看就是在马里普斯排不上号的人物。我是说从他们坐的位置就能判断出客人是来拜访法官家谁的。当银行经理乔治·德芙来帕帕雷法官的宅子串门时，他总是坐在露台上的椅子里和法官谈天说地。但是如果换了是帕普金、汤普金或者是差不多年纪的小伙子来，他们通常都是挤在阳台边缘的长凳上，采取的是一半屁股挨着板凳的坐姿，因为这几个年轻人很明白自己来这里的目的。等小伙子们熟悉了宅子周围的环境，偷空儿也会背靠露台边儿的柱子抽口香烟，不过那真的需要点儿勇气和胆量。

我有点儿扯远了。你肯定和我一样，对这事儿早就了如指掌。我其实想说的是法官从来没对自己女儿讲过一句难听的话。哦！他是曾经气冲冲把女儿的书扔进葡萄园里，这个我不否认，但是一个姑娘家，放着家里那么多的好书不读（比如说《麦唐纳爵士①的一生》和《德坎色地区的开拓者》），为什么偏偏去找什么《帕拉丁朝圣者②的上下求索》和《加拉哈德爵士③生平》这样的垃圾书来读呢？

法官是从来没对簪娜说过什么狠话，不过当簪娜实在很气人时，法官也会忍无可忍硬梆梆撂给女儿几句。但是法官从来没有（哪怕是一次）教训过自己的儿子尼尔。那得是什么样的爹会糟糕到对尼尔·帕帕雷发脾气呢？法官才不会以教训自己的儿子为荣呢！尼尔长得高大英俊，在整个县城的

---

① 指约翰·亚历山大·麦唐纳爵士（John Alexander Macdonald，1815—1891），加拿大著名政治家，联邦总理。
② 帕拉丁是"Paladin"的音译。又叫圣骑士、圣战士等，指当年跟随罗马帝国第一位皇帝查理大帝东征西讨的十二位战士。
③ 加拉哈德爵士（Sir Galahad）：亚瑟王传说中的一名骑士，他是圆桌骑士中最英勇的一位，是他独自一人找到了圣杯。

男孩子里都是拔尖儿的，要不为啥17岁就被选进密西诺芭骑兵队呢。小伙子不仅长得好，还特聪明！聪明得不需要学习，聪明得每次数学考试他都是倒数几名，光我听到过法官的解释就不下12遍——为啥尼尔学习成绩排名会倒数呢？那是因为他太聪明了，所以当别的孩子待在家里学习的时候，他的尼尔根本不用那样辛苦，他在马里普斯市场里打台球呢！

而且这个儿子多能耐啊！镇子上的人谁不记得尼尔·帕帕雷砸向皮特·麦金斯脸上的那一拳头！后者在老麦唐纳政府落马的那次大选中为自由党招兵买马。想起这事了吗？就是第二天早晨法官亲自审理儿子尼尔的案子那次，众人说这在历史上绝无仅有，即使在马里普斯法庭这也是破天荒头一次。要我说，老子审儿子这种事情在历史上有过，罗马历史里就有这样的例子，只不过声势小点，但是戏剧性大同小异。我还记得那天法官下达判决时，他身体微微前倾——要解释判词了——你知道法官是宣过誓的，他必须给自己下达的判决一个明确的说法，同时还要表现出义正词严，但是内心又无比喜悦、无上荣光的样子——那是一个男人在履行自己的责任时的状态——是责任心支撑着他做出这样的判决，法官说道：

"我的孩子，你是无辜的。你那一拳头确实打在皮特·麦金斯的脸上，但我从你的行为里看不到一点儿犯罪动机。虽然你以约沙法[1]的名义揍得他面目全非，6个月都没缓

————
[1] 《圣经》中的犹大国王。

过劲儿来，但是你当时并没有恶意，也不是事先谋划好的。所以，我的孩子，抬起头来！给我你的手！你可以走了，马里普斯法庭绝对不会让你的名字蒙上任何污迹！"

在场的人都说那是发生在马里普斯法庭上最震撼人心的一幕。

让大家好奇的是：如果有一天法官也知晓了那些在马里普斯可谓人尽皆知的事情，那么他是否会感到痛心疾首？如果他知道尼尔赏人老拳的头天晚上把自己灌得酩酊大醉，第二天又去了马里普斯市场的台球厅，在那里喝得满脸通红，酒气熏天。后来，尼尔和密西诺芭骑兵队作为战区第三小分队出国参战时，镇子上的全体居民欢送他们去车站，人群里欢声雷动，可尼尔一如平常烂醉醺醺，要是法官晓得这些真相后他会怎样想呢？

问题是法官不仅过去不知道，将来也不会知道了……假若你想做一回小人，"开诚布公"地告诉法官他儿子尼尔的所作所为，这样的做法除了让法官撕心裂肺外没有任何好处，你难道不怕尼尔的鬼魂从南非某个无人看管的墓地里爬出来臭骂你一顿吗？

对了，我好像曾经说过法官先生有时候会对他自己的老婆态度粗暴地乱吼一气？听到这个说法你是不是会觉得做法官老婆有够可怜的？如果你真这样想，那我看你不了解两口子"过日子"这种事情，至少你不知道在马里普斯，已婚的男女是怎么把日子过下去的。那个高中地理老师诗靓小姐嘴里经常念叨说她为帕帕雷的老婆感到委屈，你若也跟在她后面这么猜测人家法官两口子的日子，那我说你和诗靓小姐一样愚蠢无知。你之所以认为帕帕雷老婆够倒霉，是因为你只见到法官看见洒水器放在草坪上就开始像个阿尔冈昆印第安人那样对着自己老婆狂吼一气。可是你见到过他们婚姻的另一面吗？倘若你也学诗靓小姐那样动不动就扯"妇女权利"什么的，那么你说话是不是有点欠考虑？如果那天你看到法官一手拿着尼尔在南非战死的电报，一手扶着太阳穴回到家里的样子，以及那个晚上人家两口子在一起的情景，你可能就不会这样口无遮拦了。那天晚上，帕帕雷先生和妻子坐在一起，他的手一直握着妻子的手，时光仿佛退回到30年前两人还是法律系学生时的那些日子，那时候，两个年轻人常常就像今晚这样，手拉手坐在一起，相依相伴。

你还是多和诗靓小姐说说那天晚上的事情吧！什么"帕帕雷老婆像水仙花、金丝雀"，什么"法官脾气暴，活地狱"，诗靓小姐她懂个屁！

如果你去告诉法官他儿子尼尔活着时的所作所为，他肯定不会信你。不仅不信，还会对你冷言讥讽。看看那张尼尔一身戎装的照片（和联邦①之父的照片摆在一起），照片里尼尔挨着也是一身戎装的肯基尼将军②。尼尔常常在信里提起

---

① 1867年加拿大不再是英国殖民地，成立联邦国家，但仍是英国自治领。
② 英国人，在布尔战争中任英国军队的司令。

这个可能你也不陌生的名字。法官家里的墙壁上还挂着好多（楼上的书房里更多）南非那个国家的照片，还有许多加拿大远征军队[①]告别时的照片（照片里的人没有一个是活着回来的）。里面有骑马的步兵、走路的骑兵和一大堆只有士兵或者是只有士兵他爹才能讲出个所以然的东西。

这样你是不是就能想明白一件事：一个身穿黄色网球服（和军装一点儿都不搭界）从来没当过兵的小伙子，怎么能靠近法官家一步？那宅子在他眼里可不就是个魔鬼住的城堡？！

说到这儿你是不是想起了那个叫帕普金的年轻人？在这之前我好几次提到过这个名字，说他是兑换银行一个不起眼的小出纳员。如果你对马里普斯熟悉的话，那你肯定见过他，他总是穿一件绷得很紧的，只有在办公室才穿的灰色制服，每天早晨步行去取银行的信件，胸前常别着一个马鞭子形状的领带针。晚饭后他会去湖边溜达。教学里的他换了一身打网球的装扮，嘴里叼根烟，胳膊里夹着一把船桨和一个坐在小船里用的深红色屁垫儿。再不就是能在教堂里见到他，这时候的他往往头戴高帽，身上的袍子一直拖曳到脚背上。偶尔人们还能看见他在五金店里和格拉夫那伙儿人打扑克，脸蛋儿涨得通红，紧张得头发都直了还装出一副若无其事的样子，可谁都明白那是因为他手里刚摸到三个老A。

---

① 1899年至1902年，英国人在南非进行布尔战争时，加拿大派出了军队。

要想在银行业吃口饭，嘴巴牢靠那是必须要学会的。我的意思是：如果你在银行工作，明明知道马里普斯包装公司的账户上不仅没钱，还负债64元，但你万万不可向外人透露一个字，即使是面对那几个和你经常切磋网球技艺的女孩子，你也要做到守口如瓶！（暗示一下还是可行的，只是不要给她们交实底就行！）这么说吧，一定不可以把账目表拿到网球场上，指给她们看。在银行业混，你能学到的就是保持缄默外加自我约束。那些不在这个圈子里工作的人是做不到如此滴水不漏的。

为什么这么说呢？我就知道一件事：有一次，在消防舞会上，穿得中规中矩的帕普金倚着墙和艾略特（后者的一张票据那天早晨刚被银行拒了）聊了那么长时间，可愣是没走漏一点儿关于支票的消息。我倒不是说他一直守口如瓶来着，实际上在晚上聚餐的时候，他和一两个人提起过艾略特的票据被拒的事儿。我要强调的是当他倚着墙和艾略特聊天其间一点儿都没走漏风声。

但是，我告诉你这些可不是为了贬低或者褒扬帕普金。对于银行工作的人来说，嘴巴牢靠不过是区区小事——这可是某一天帕普金和我解释为什么他迟迟不肯透露马里普斯货运公司的真实财务状况一事时亲口讲的——你只有通过了这种区区小事的考验后，才可以学到银行业里更多更神圣有趣的事情。

所以我想如果你了解这个镇子，同时也知道银行业的基本要求，你肯定能和帕普金先生打成一片的。什么？你说你记得他曾经爱上中学老师劳森小姐？帕普金怎么会爱上劳森小姐呢？这也太荒谬了吧。依据仅仅是"美人号"沉没当晚，甲板上人人危在旦夕，当时的帕普金划着一条小船从镇子出发去救高中女老师这件事？可是我告诉你，你完全搞错了。那可不是爱，光我就听到的来自帕普金本人的解释就有12遍之多。那种划着小船没命地奔向即将沉没的大船的事情或许可以解释为两人之间的确曾经存在吸引力，但那绝不是后来让帕普金心有触动的"真正"的爱情。事实上，当帕普金想起这事时，他说那连吸引力都称不上，仅仅是出于尊敬对方——仅此而已，别无其他。再说了，那都是很久以前的事了，6个月以前？还是7个月以前？帕普金先生说自己那时还只是个大男孩儿呢！

我得和您说帕普金先生和马拉·汤普金住在兑换银行大楼的最高那一层楼上——三层。经理木林斯住在楼下。帕普金和汤普金的房间住起来很舒服，两间卧室外加一间客厅。房间的墙上挂着滑雪鞋、网球拍、舞蹈课程和划船俱乐部牌子等各种各样的东西。

两条大长腿、外套一条方格裤子的汤普金是个年轻人，曾在《马里普斯时代先驱报》工作过，也正是那段时间的工作培养了他对文学的爱好。他爱读易卜生[1]，还有一个荷兰作

---

① 易卜生（Ibser，1828—1906），挪威著名作家。

家的作品，好像叫波姆斯通①什么来着，是有这么个作家吗？从汤普金所读之书来看你就可以断定他是个智商超高的家伙。连他自己也承认他是个"无可知论者"②。汤普金和帕普金两人常常就进化论和创世纪展开激辩，也为诸如"如果你是应用科学学校的学生，你怎样证明除却尘世间，根本就没有地狱"这样的题目而大辩特辩。

汤普金曾经全心全意地证明了我们眼里的奇迹只不过和电有关。帕普金回应时往往先称赞汤普金的论证精彩绝伦，但接着就会说他曾在一个宣道中听到过对"奇迹"一词精妙无比的解释，可惜的是他一时半会很难想起来了。

汤普金坚称创世纪中的大洪水和地质学的原理相互矛盾这一看法，帕普金先承认这个观点很好，但接着就说他读过一本书（应该当时把书名记下来就好了），那本书对地质学连带大洪水做了详尽的解释说明。

在辩论中，一般来说汤普金都有好的论点。但是帕普金（一个了不起的基督徒）对自己忘记的事情非常坚持。所以辩论常常持续到深夜，然后帕普金先生就去睡觉了。迷糊中他梦到一个很精彩的论据——只要说出就能解决这场争论。可不幸的是早晨起来他就忘得干干净净。

当然帕普金从来没有觉得自己在智力上可以和汤普金一

① 作者杜撰出来的名字，这里指汤普金胡编乱造一个作家的名字。
② 原文为杜撰词"Eggnostic"，汤普金想说自己是"不可知论者"（Agnostic），为还原幽默之意，译为"无可知论者"。

争高下——那就太荒谬了。在读书方面，汤普金涉猎很广，可谓博览群书，而且还下了一半的决心要写一本小说——写不出书写个剧本也行。每次汤普金去城里，帕普金都盼着对方回来时小说大功告成。但是汤普金每次回来时都是两眼熬得通红，可小说离写完还差得十万八千里。

要我说汤普金就是位大才子。这一点你从他客厅的竹书架上摆放的那些书就可以看出来。那上面的书可多了！其中有一套40册的《大都市百科全书》，那可是汤普金以分期付款的形式买下来的，每月付2元。还有一套叫《文明的历史》的书，那套书统共50册，每月要付5角，付款期限为50年。汤普金从石器时代读起，刚读完关于石器时代内容的一半，书就被卖给他书的人收走了。再有就是《画家生平》那套书，每次读一册——徜徉在书里，你可以读到诸如阿赫伦斯①、阿钦撒尔②、阿克斯③那些伟人的生平，让你觉得能读到这些人的事迹是一件很美好的事情。

自学和其他事情不一样。经过一段时间的自学，帕普金对书里描写的各种事情只知道开头，如果是关于好多人物的书，他一定通晓名字字母以"A"开头的那些人的生平轶事，这你可难不住他！

我不是说汤普金和帕普金两个人每天晚上都是用勤奋读

---

①②③ 皆为作者臆造的名字，指帕普金只读了以"A"打头的那一栏的人物生平。

书来打发时间的。那不是事实。实际上，两个人经常是在让人不便"恭维"的方式中打发时间的——约几个人在客厅里玩牌，不玩到半夜不散伙。玩牌这事儿，除非你下赌注，否则不值得投入时间；而且，如果你是在银行工作，每天和钱打交道，赌博还真是件挺有意思的事情。

我就看见过帕普金、汤普金、牙医米利甘、车票代理米契尔以及其他几个男孩围桌而坐的场面，火柴杆儿在他们面前堆得老高，仿佛工厂里的存货。十根火柴为一个筹码，十个筹码算一分钱——他们肯定不只玩玩那么简单。当然了，这种事情很容易就落得空欢喜一场。当你半夜醒来，口渴难挨，想到已经输了一万根火柴，你肯定能体会到空虚难耐的滋味。可是，对于那些在银行谋生的人来说，他们的人生本来就是一场跌宕起伏信马由缰的历程嘛！这也是众人皆知的事实。

有时帕普金发誓说要远离这种恶习。可是倘若给他无意中瞥到桌子上那成堆的火柴，或者看到一根火柴掉到地上，他心中的那种疯狂就又被调动起来。是的，就是"疯狂"一词——他和劳森小姐说的时候也是用的这两个字眼，而女方也答应要帮帕普金克服他内心的疯狂——本来是可以的，只不过后来帕普金发现他曾经以为"吸引"的东西其实只是"尊重"。让一个你"尊重"的女子为你内心的"疯狂"买单有意义吗？

帕普金常从汤普金那里打听马里普斯镇子里各式人物的背景。原因是帕普金本人从很远的地方（好像是沿海某个地方）来到这儿的，刚来的时候他谁都不认识。汤普金和他提起法官帕帕雷时说法官是个绝顶聪明的人，要是保守党能再执政15年到20年而不是早早退出的话，法官准能进到高级法院任职。以前汤普金的嘴边常常挂着"帕帕雷"这个名字，听得帕普金都恶心了。但是见过簪娜后，他反倒觉得听不够帕帕雷这一家的情况。他甚至可以和汤普金一连几个小时聊法官家的那条小狗洛夫都不带烦的。至于簪娜，他恨不能时时刻刻把这个名字挂在嘴边，这样就可以一辈子都念念不忘。

他第一次见到簪娜（那次邂逅可以说是史上最奇怪的巧合）是在马里普斯大街上。如果那天不是他从东来向西去，而簪娜从西来向东去，那就什么事儿都不会发生。后来两个人都说那场邂逅是他们听到过的最特别的巧合。帕普金承认，那天早晨起来他就有一种很奇怪的预感，好像要发生点什么事情——绝对不是他要见到劳森小姐时的那种预感，绝对不一样，后者最多也就算是一种对自己所"尊重之人"的预感。

帕普金遇见簪娜·帕帕雷是在6月26日10点35分。从那一刻起，整个世界都变了。过去的一切都抹掉了。就连汤普金刚收到一套40册的《人类分期付款史记》这样的事情，帕普金也没工夫搭理了。

她——以后这个字就是说簪娜——那时刚从寄宿学校回

来。你想想，刚从寄宿学校回来的女生，穿一件白色卡腰衬衫，系一朵小巧精致的红领结，手里拿着网球拍，走在小镇古老的街道上，这难道不很能说明6月已经光临了马里普斯小镇？

此情此景，霎时让帕普金眼里的小镇在阳光下发出夺目的光辉，小鸟啁啾，湖面泛起阵阵涟漪，真美啊！每个人看上去都是那么的和蔼可亲！这是只有年轻时就一直住在马里普斯的人才会有的体会。

从帕普金见到簪娜的那一刻起，他就一往情深，非簪娜不娶，让自己深深陷入了这段感情中。

这件事关系重大，重大到我得结束这章，好好想想再动笔写下去。

第八章　簪娜·帕帕雷和皮特·帕普金命中注定的藕断丝连

簪娜·帕帕雷常常坐在自家那个几乎一半都给弗吉尼亚爬藤遮住的门廊露台上读小说。有时候读着读着，书本便从簪娜的手里滑落到大腿上，这时的簪娜，紫罗兰色的眸子里流露出难以遏制的憧憬之情。即使簪娜拿起放在身旁的苹果狠狠咬上一口，那神情依然在她少女的脸上徘徊，久久不能退去。

簪娜就那么神思恍惚地坐在露台上，十指交叉，做着她少女的白日梦。当你看到簪娜小姐眼神儿有些迷离，那意味着她正在梦中。梦里，一个穿披铁甲、头戴羽盔的武士刚刚来得及把簪娜从多瑙河边某个防卫森严的城堡里解救出来。有时候这姑娘又觉得自己像是在蔚蓝的地中海上漂流，却不幸被一艘阿尔及利亚的海盗船给掳了过去，无奈中她扬起手臂朝着法兰西的方向拼命地喊着"再见""再见"。

如果你看到簪娜的脸上带着一丝甜蜜，那肯定是她正在想象一位勋爵（名叫罗纳德·谢弗里）此时此刻就跪在她的

石榴裙下。而簪娜则要勋爵站起来。她勇敢地向勋爵坦白自己出身卑微，告诉勋爵自己坚信出身悬殊这一点必定会成为两个人追求幸福的绊脚石。勋爵自然受不了这个打击，脸上露出痛苦万分的神情，和其他英国贵族遇到这般情况时的表现毫无二致。

如果簪娜的白日梦里出现的不是上述场景，那也是簪娜那刚从战场上归来的情人横空出现的一幕。她的情人一身戎装，高大魁梧，晒得黢黑，为了她他已在苏丹战场上打了十年的仗，这次来见只为告诉簪娜他一直记得她的脸庞，即使晚上站岗放哨时脑子里想的也全是她。他要簪娜给自己一个答复，或者一个表示，任何表示都可以。十年了！他为她在苏丹浴血奋战，他理应得到姑娘的一个表示，于是，簪娜从自己的鬓发间摘下一朵白玫瑰，就在她准备把这朵玫瑰……一阵脚步声从阳台那边传过来，那是父亲大人的脚步声，慌得簪娜急忙拿起那本《德坎色地区的开拓者》，昏头昏脑地读起来。

就这样，在簪娜小姐的白日梦里，她不是被解救，就是被劫掠，不是向着法国和西班牙的方向挥舞双臂，就是面对巴利亚多利德①和霍霍根伯格②的灰色城堡高喊"再见"。

我不是说就簪娜这个人特罗曼蒂克，也不是说在马里普

---

① 巴利亚多利德（Valladolid），西班牙的一个城市，位于河流上，是拥有众多历史悠久的城堡的城市之一。
② 原文为 Hohenbranntwein，似为作者杜撰的地名。

斯，像簪娜这样喜欢做白日梦的姑娘少之又少。其实所有马里普斯的女孩都和簪娜一个样。如果镇子上哪天跑来一个阿尔及利亚海盗，只要那家伙动动嘴巴，一打姑娘都能跟他跑了。要是一个受伤的英国军官大驾光临马里普斯，嘻！我看还是最好不要在外面透露这种事情，否则军队医院都要常驻马里普斯了。

我这里得提醒你一句，马里普斯的姑娘们爱做罗曼蒂克的梦是因为她们长得还算俊俏可人。你想，在马里普斯，花1元2角就能买到一件淡蓝色或浅粉色的印花裙子——可比在城里买到的衣服要漂亮得多！这身打扮配一顶宽檐儿帽子，背景是枫树林和绿草茵茵的网球场，再加上姑娘们都在马里普斯高中上过学，会算十进位以内的小数还有分数。这些彬彬有礼的女孩儿若是给那些佩带半月大弯刀的阿尔及利亚海盗瞧见了，自然要惹得后者"磨刀霍霍"，抢他个痛痛快快！

不过你可别觉得马里普斯的姑娘们都是一副十万火急的恨嫁心思，根本不是那么回事儿！当然了，我不是说如果一个云游四方的骑士、一个海盗，或者一个匈牙利的流亡者送上门来，姑娘们定会让他走人。我是说她们只是认为和一个稀松平常的人结婚去过稀松平常的日子，不仅自己会感到遗憾，还会给外人瞧不起。所以，一等姑娘们到了结婚的年纪，她们往往把自己嫁给了那些能迷住她们的"王子"，搬到镇南头儿那些"被施了魔法"的小房子里去住。

你可能也知道，在马里普斯一个月花8元就可以租到一间被施了魔法的房子。可以说有些房子房租最便宜不过，却也最具魔力。至于那些会法术的王子，很奇怪，他们经常出现在你不指望能遇到王子的犄角旮旯里，而且"王子"们通常是在工作状态中——这很可能是因为他们被坏蛋下了蛊，我不说您也明白——因为给下了蛊，所以"王子"们不得不在杂货店、印刷所里工作，有的甚至沦为了卖东西的小贩。但是要想遇到这些王子，首先你得读好些关于加拉哈德爵士的故事和那些个探险小说才能碰上这样的奇遇。

这事儿说起来也正常：既然簪娜姑娘喜欢坐在露台上憧憬一番，那些强盗、受伤的军官以及身下骑了一匹口吐白沫之战马的罗纳德勋爵之流自然免不了轮番上阵，挨个出现在姑娘的白日梦里。可你若说簪娜姑娘还梦到一个身穿浅黄色运动衣、在银行工作的青年人骑着自行车打她家露台前经过，那基本不太可能，也很难想象。所以说，当帕普金先生气喘吁吁沿着奥尼达大街的大上坡一路骑过来，速度飞快地经过法官家的露台，我认为那一刻簪娜肯定没有意识到这个小伙子不仅仅只是"路过"而已。

我刚才的描述也许有点言过其实。或许簪娜注意到了骑车人是兑换银行新来的小出纳员，而且也知道小伙子是从沿海省份来的，但镇子里还没有谁是真正了解小出纳员的背景的。簪娜姑娘也只是听说过帕普金的几件事情而已：比如说他来马里普斯之前从未划过小木船；比如说他一直去德鲁尼的教堂做礼拜，总是坐在第四排的座位上；再比如他一年只拿800元的薪水。除此之外簪娜姑娘就一概不知了。她猜出纳员帕普金之所以骑车骑得那么快是因为他没法让速度慢下来。

簪娜这么想当然是对的！过去帕普金只是下班后才骑着自行车经过法官家的门口，可是自打那天在大街上见到了簪娜，事情就不一样了。要不是他有些畏首畏尾，他可以一天骑车路过法官家20次都不嫌多。当他爬上奥尼达街的那个大上坡往下冲时，脚下那一对儿脚蹬子总是飞快地自己转起了圈儿，搞得他自己也没法慢下来。就这样，每次骑着自行车打簪娜家的露台前经过，风把他身上那件黄色运动衣吹得呼呼嗒嗒，他也眼瞅着簪娜就坐在那里，可在车轮飞转的声音中，一眨眼的工夫帕普金已经消失得无影无踪，空留一团卷起的尘埃。这么说吧，小伙子还没来得及让自己稍作停顿或者向后瞄上一眼，自行车已经把他带到了若干英里之外的乡下。

之后的时间里，骑着自行车的帕普金在乡下的大天大地里绕圈儿，他双眼直勾勾地瞪着那些庄稼地，心里的念头却是转啊转……早早晚晚他的自行车又重新向镇子方向驶去——方向还是奥尼达大街，还是越骑越快——直到脚蹬子发出嗞嗞声，直到不用蹬它也转得飞快，直到帕普金自己像一颗出膛的子弹从法官门前呼啸而过……就这样，帕普金每天骑15英里只为了一天能两次从法官门口经过，可即便这样，他也全力以赴！

挨着奥尼达大街住的人家都以为帕普金先生疯了，只有簪娜不这么认为。你看，拿骑着自行车飞驰而过的帕普金和伤心欲绝、在多瑙河岸纵马飞驰的坦克雷德①相比，二者不还是有些异曲同工之处吗？

我前面已经提到过帕普金和簪娜是如何开始交往的。其实也没什么，就像其他人也会遇到类似的事情一样，只是碰巧了。再说这种事情很难说得清，除非你也认同缘分，认同一切都是命里注定的！

当然了，命里注定的机缘情愫是有别于普通人的爱情的……

我这里就不详细描述帕普金第一次和簪娜说话时的感觉了，我只说说两个人坐在那儿一封接一封地写连环信的情景，写到第八封信的时候，两个年轻人发现他们的字迹如此相像，以至于分不清哪个字是女方写的，哪个又是男方的笔迹。帕普金的字又圆又大，簪娜写出来的字母是尖尖的。帕普金的字上上下下都很直，簪娜的呢？写出来是斜的！除却这些不同，其他地方愣是像得很，这也算是世界上最奇怪的巧合了！当然了，两个人写出来的数字还是很不一样的，帕

---

① 坦克雷德（Tancred，1075—1112），历史上第一次十字军东征的诺曼底人领袖。作者这里是拿本杰明·迪斯雷利（Benjamin Disraeli）的小说《坦克雷德》（*Tancred*）里坦克雷德的爱情故事打比方。

普金给出的解释是：在银行工作，你必须要做到把7写成7的形状，而不是看上去像9的模样。

那天下午，写完了连环信后，帕普金和簪娜一同离开教堂。两个人磨磨蹭蹭地沿着大街一路走来，最后来到法官的大宅子前，紧接着簪娜问帕普金是否愿意进家喝杯茶再走，女孩儿说这话时，态度举重若轻，似乎根本不在意自己今天回家已经比平时晚了半个小时（如果给她的法官爸爸看见肯定大事不好）。两个人刚刚往露台下方的台阶上迈了一小步，帕普金似乎还没来得及表达自己接受邀请的意愿，就看见手里拿块儿餐巾、小火花在眼镜片上进来进去的法官大人站在大门口一个劲儿嚷嚷着：

"老天！簪娜，为什么你总是不能早点回来？"

簪娜立刻看了帕普金一眼——那是乞求的眼神。帕普金心领神会，旋即回了一个"我懂"的眼神，之后迅速转过身去，顺奥尼达大街逃走了。当时的场景虽然不如行吟诗人歌颂坦克雷德那不露声色的爱情时那么激动人心，但也绝对不缺乏戏剧元素。

当天晚上，踌躇满志的帕普金跑到马里普斯市场去吃晚饭，不过他对大厅里的女招待辛迪的态度明显拉开了一点距离，那场面颇有点像加拉哈德一边从歌尼薇女王①的侍女手里

① 歌尼薇女王（Queen Guinevere）是亚瑟王的妻子，传说中她与亚瑟王的骑士加拉哈德相爱。

接过橘子饼，一边扬扬得意地吩咐几句。我猜在马里普斯还没有一个银行职员胆敢这样。

有了第一次会面后，簪娜和帕普金就经常在一起玩了。两个人一起打网球——就在加拉赫医生宅子后面的那块草地球场上打——那块空地被马里普斯网球俱乐部租了下来，租金是一个月两毛钱，你肯定也知道这事儿——帕普金表现得像是一个网球高手，勇猛无比，还能跳到空中把身体弯成S形发球。在有些个夜晚，两人会坐着帕普金的那艘小木船去微萨诺蒂湖上泛舟，簪娜坐船头，帕普金坐船尾。男方负责划船，一走就是好远。两个人玩到夜空中亮起了星星才忙着赶着往家走。流光徘徊的夜里，繁星点点。簪娜凝望着夜空，说那些星星看上去有"不着边际"地远。女孩的喃喃自语惹得帕普金一个劲儿地反省自己：一个如此冰雪聪明的姑娘，配他这样的傻子真是可惜了！簪娜又问帕普金哪个是七姐妹星群，哪个又是木星和小熊星座，帕普金全都准确地给她指出来。两个人不由得同时佩服对方学识渊博，帕普金可不晓得簪娜寄宿学校的天文学课本里就有那些星星的名字，而簪娜也没猜到帕普金那是乱指一气，碰碰运气而已。

就这样，亲切交谈数次后，帕普金主动谈起他的家乡在沿海某省，还有他的爸爸和妈妈，说完了还偷偷踢自己一脚，提醒自己还不是很"爷们儿"的一个人，能完全做到把事情全抖搂出来再擦得干干净净。

请别从我这样的描述中认为帕普金先生的爱情故事很顺利，恰恰相反，从一开始帕普金就对自己的爱情感到无助且无望。

可话说回来，帕普金和簪娜之间的关系还是有一些进展的，如下事情足以能够说明：

在6、7、8月间，帕普金带簪娜去湖上泛舟了31次。还有，每天晚上骑自行车走2英里，帕普金已经驮着簪娜骑了62英里，也可以说10万多步。这个数字应该是很可观了！

两个人还打了16次网球，都是在下午打的。有3次他把网球拍落在法官的家里，是簪娜亲自替他保管的。还有一次经簪娜同意，他把自行车丢在法官家一整个晚上。这应该能说明点什么——没哪个姑娘敢让一个男人把自行车停在自家的后阳台上一个晚上还不给个说法的。

还有比这些更可以说明问题的——他参加了14次在法官家举办的茶会，7次应莉莲·德鲁尼之邀去了主教的宅子里玩，原因是簪娜也去；5次答应诺拉·加拉赫去她家喝茶，原因也是因为簪娜在那里。

加起来帕普金和簪娜在同一个地方吃饭的次数也算不少了。现在的帕普金难得去马里普斯市场用餐，攒起来的餐券比该用掉的多了一倍。与此同时，女招待赛蒂的脸色蒙上了一层忧郁的、无可奈何的神色，看上去比罗曼蒂克小说里的女主角还要楚楚可怜。

比上述事情还要值得说的是，帕普金给簪娜买过两桶冰激凌和一盒子巧克力，这可是双方都承认的事。倒也不是帕普金觉得太贵不高兴，正相反，早于买冰激凌和巧克力之前他就给女方买过一件白色马甲、一根金头拐杖、好几个新领结及一双皮靴子（还是专利产品呢），那都是为了簪娜买的，其实他们两个谁买还不都是一回事儿嘛！

　　除了这些，差不多有两个月的时间，帕普金和簪娜每个星期天晚上都去英格兰圣公会教堂做礼拜。只有一天晚上，两个人去了长老会教堂，说是为了"玩"儿。如果你了解马里普斯这个地方，就知道两个年轻人的这趟"胡作非为"很能说明问题。

　　即便这样，在帕普金看来，他的爱情还是没有指望：这爱情波澜起伏，曲折堪忧；一会儿送你上希望之巅，眨眼又把你打入绝望之渊，他和簪娜虽心有灵犀一点通，却苦于身无彩凤双飞翼。正可谓：不幸的爱情各有各的不幸。

　　是的，就是山重水复疑无路的感觉啊！

　　每次帕普金看到簪娜在教堂里祈祷，他都觉得这个女孩儿如此善良，他配不上她；每次去找这个女孩儿，看见她读的不是布朗宁就是卡艾亚姆①的书，他就感叹自己拢不住这样一颗聪明的心；每次目睹她的芳容，他就觉得自己配不上这

---

① 布朗宁（Robert Browning, 1812—1889）和卡艾亚姆（Omar Khayyam, 1048—1131）分别是英国诗人和波斯诗人。

样一个绝色美人。

帕普金先生从来不觉得自己是个英雄——这事儿您也知道。当簪娜托着腮，兴致勃勃地谈起那些英雄、十字军、士兵和消防队员时，帕普金就明白自己在簪娜心里是个什么位置。别说位置了，压根儿就没进到姑娘心里。假若说能有仗打，或者法官的宅子被德国人占了，他或许还有个机会当个英雄，由此而入了簪娜的法眼。可是话又说回来，那可能吗？他帕普金怎么能当上英雄呢？这事儿太不可能了！

还有簪娜的父亲，天知道帕普金花了多少力气去讨好这个法官老爷！他对帕帕雷法官提出的任何理论都表现出一副心折首肯的态度。一个人没有点"曲意逢迎""见机行事"的本事还真做不到这点！法官可以做到头天反对给予妇女选举权，第二天就声称妇女应该享有选举权。前一天法官还在谴责劳工运动啃啮着加拿大的心脏，可第二天他就声称政府应该同意大规模的群众游行，并说游行才是世界之希望所在！法官的多变搞得帕普金的想法也如万花筒里的玻璃，纷繁芜杂，让他眼花缭乱。这一通下来，作为法官的支持者，帕普金唯一能够被允许坚持到底的观点只有两条：一是保护加拿大保守党的纯洁性，二是"取消法官一职"的意见本质里蕴藏着邪恶的一面。

即使帕普金如此出力，可法官大人却没有一点礼尚往来的意思。在马里普斯，所有的银行职员不仅去过法官的家，而且称得上是熟门熟路。但是法官却从来不邀请帕普金去自己府上一坐，最后帕普金能登门拜访还是托簪娜的福。帕普金走后，法官大人坐在椅子上冷嘲热讽，说得簪娜赌气扔下那本《特坎色地区的开拓者》，从露台跑进房间里。法官看到女儿真生气了，这才不再说话，点上自己那个干玉米棒做的烟斗，津津有味地吸了起来，同时脸上浮出志得意满的表情。这一切不正说明帕普金的爱情是否能开花结果还很难说，说它前途莫测、希望渺茫亦不为过。

可这并不是帕普金感到绝望的全部原因！真正的原因是帕普金的薪水一年800元，可在兑换银行，职员年薪至少要达到1000元才可以结婚养家。

我猜你对资本主义银行摧残人性的残酷性了解得很清楚。每家银行都有那些二十岁上下的、手拿银行发的餐券，天天去马里普斯市场的小摊旁吃饭的年轻人，他们按照资本家的意图住在银行宿舍里，结婚对这些年轻人来说根本是遥遥无期的一件事情。

只要帕普金想起这200元，他就很理解为什么社会会发生动乱。事实上，他认为所有因对社会不满而发泄的形式都有这"200元"的影子。比如说，俄国无政府主义、德国社会主义，劳工运动，亨利·乔治①，劳合·乔治②——想到他自己少拿的这200元他就非常理解那些人的动机。

如果我告诉你就在那段时间里，帕普金一读到《大革命回忆录》这本书，就恨不得用炸药把银行经理木林斯给炸个粉碎，你是不是能理解他当时的心态呢？

纵使帕普金对簪娜的爱有着诸多的阻挠和障碍，但若不是意识到另外一个冰冷的现实永远横亘在他和簪娜之间，他还是不会选择自杀来了断的。（噢，他是自杀了3次，这个我很快就会告诉你是怎么回事儿。）

自打他认识簪娜，他就有这种想法了：每次他打算和簪娜讲讲自己的家、自己的爸爸和妈妈，总有什么东西拦着他，阻止他袒露家世。他意识到越来越多的障碍出现在他和簪娜之间，这些东西妨碍他和那姑娘走得更近一些。多少次了！一想起这事儿他的心便如翻江倒海一般。有一次他爸妈托人带口信来，说是要来马里普斯看看儿子，可他能做的只是恳求他们千万别来。

为什么？为什么他要阻止自己的父母来马里普斯？原因很简单！他怕父母给自己丢人，让自己颜面扫地。如果他爸妈以某种形象出现在马里普斯，让自己那帮朋友看见的话肯定要坏事，要是他的父母大人再跑去法官家，那人就丢大发

① 亨利·乔治（Henry George，1839—1897），美国政治经济学家。
② 指大卫·劳合·乔治（David Lioyd George，1863—1945），英国政治家。

了。一想到这儿，帕普金羞得几乎能晕过去。

不，我不是说帕帕雷有这样的想法是错误的。我是想说，这个世界，穷人和富人的差距意味着什么。也许你是个幸运儿，所以不能理解为什么有人想到爸妈会感到丢人，你也认为父母有钱没钱不重要，自己拥有一颗诚实善良的心才是最重要的。那我说你是从来不了解那些没你幸运的人——他们内心的愤怒和嫉妒。

反正帕普金就是很纠结。当他想到爸妈要来马里普斯，他的脸就羞得通红！

他可以想见那将是个什么样的场景！他仿佛看见父母大人从豪华加长旅行车上下来，司机给他们拉开车门，他的父亲大人询问这里的人是否有一间套房能让他们住下来——想想吧，一间套房？在马里普斯市场里要一间套房住！

想到这儿帕普金就不由得神伤不已！

什么？帕普金觉得父母很穷才会觉得人前抬不起头来？你会错了我的意思，不！不是那样的！帕普金觉得丢人是因为他的父母亲大人很富有，是有钱人！而且不是马里普斯人嘴里的那种富人——有点儿闲钱，够盖一所带露台的房子，剩下的小钱能买点自己想买的东西。不是的，他的父母亲是另外一种富人，是那种坐汽车，住里兹酒店[1]，开蒸汽游艇去小

——————————
[1] 里兹酒店，这里泛指豪华酒店。里兹，瑞士人，开办了许多豪华酒店。

岛度假的富人。

　　什么？帕普金的老爸是有钱人？！是的，有什么必要继续瞒下去呢？小伙子的老爸是"帕普金·帕普金·帕普金老少三代律师事务所[①]"的高级合伙人。如果你了解沿海省份，你一定听说过帕普金家族——那可是个家喻户晓的名字，从切达布克托到齐达布克托，无人不知，无人不晓。不过说实话，这个家族可不是因为他们的律师事务所而声誉卓绝，也不是因为老帕普金是个高级律师。做律师可挣不到什么大钱！怎么说也没有当个参议员实惠！不，不，这你可说错了！像许多律师一样，老帕普金实际上是一个公司业务推广人，他替那些公司吹泡泡。他还没来海洋省的时候，就已经开始做在波士顿和纽约揽钱、搞定贷款等生意。等到纽约的钱都花完了，他就去了伦敦。你可能听说过浪潮运输公司、方迪渔业公司以及潘恩比克纸浆有限公司吧？那些公司都是老帕普金挂在别人名下的产业。所以想象一下，让这样的爸爸来马里普斯，难道不是很傻吗？想象一下他看见吉姆·艾略特时，仅仅因为后者开了家药店，就把艾略特当作一位正经八百的职业药剂师来对待；碰到杰夫·索普时，仅仅因为杰夫给他刮了个脸，就以为杰夫是位洗剪吹样样拿手的美发师。这样的爸爸若是光临马里普斯，只消半天就能把小帕普金给毁了，这一点小帕普

[①]　在北美，律师有时会用合伙人的姓氏为律师事务所起名，如果是父子或者兄弟合开一家律所，就会出现文中这种姓氏重复的情况。

金心知肚明——他可不傻！

　　我上面说的那些倒也还好，只是你要替帕帕雷老两口和簪娜想想！对于一家子来说，一下子要承受太多压力可不是什么好事。帕普金非常了解法官对富人和奢华生活的态度。法官私下里已经无数次判决摩根和洛克菲勒终身监禁，而且这样的判决他自己就亲耳听法官说过无数次。还有，多少次他听见法官说任何一年拿3000元薪水（是密西诺芭地区的做法官的人的薪水）的人都是一个彻头彻尾的强盗，没有资格去和忠厚老实的人握手。刻薄？我也是这么想的！不过比不上马里普斯高中校长玛多森刻薄，因为校长的原话是：任何一个拿超过1500元薪水的人即是人民公敌。但是你如果拿校长和邮局局长特劳尼去比，那前者刻薄得还算将就，因为特劳尼的原话是：任何人，只要是拿超过1300元的薪水，那他对社会来说就是个危险人物。不管怎么说，法官也算是刻薄之人那一堆儿里的。而这些刻薄的人都住在马里普斯。帕普金想象得到这些人将会有多鄙视他的父亲！

　　还有簪娜！这对帕普金来说是最难应付的环节。多少次了，帕普金听姑娘说起她有多讨厌那些钻石，而且打心眼里看不上它们，即使你送她一个镶着钻石的皇冠她都不会对你说句"谢谢"。至于汽车和游艇，看簪娜姑娘这样子帕普金就知道它们在她眼里更是什么都不是。这还用问为什么吗？

有一天晚上两个人划着小船出去，在船上簪娜告诉帕普金，她只会跟那种虽然穷但是有抱负、而且为了她愿意克服一切困难的人结婚。姑娘说完这些话后看见帕普金没什么反应时显然是生气了，两个人回去的路上她再没有吱声。

帕普金为什么还要待在马里普斯呢？待在一年才挣800元的银行里？如果你问出这样的问题，那我说你根本不了解沿海各省人那坚持己见不屈不挠的性格。我猜世界上还没有人像他们那样如此仇视奢靡浪费，而我们的老帕普金更是如此！

千万别错怪了那老头儿。冬天里他是身披海豹皮大衣，不过听着，那可不是奢靡，只是事关要护着肺部，所以才不得不穿。他也抽3角5分一根的雪茄，这我也承认，不过那不是因为他挑三拣四，而是他的喉咙太敏感，必须得抽雪茄才感觉舒服点儿。他吃午饭的时候喝香槟，这我也同意，可那一点儿都不是为了享受，而是他的舌头对那玩意儿有一种特殊的感觉，所以嘴唇自然而然地要点那个东西喝啦。其实老头儿自己渴望的是简单得不能再简单的生活，当然，他的妻子和他持相同的看法，比如说，住在某个小岛上，四周有鸟有树。因为对简单生活的渴望，他们已经买下了四个小岛，一个在圣劳伦斯河，另外两个在湾区，还有一个在缅因州的海岸，而且他们还在继续找有鸟有树的小岛。除此之外，老帕普金还在寻找农场，寻找一个能唤起他对孩提时自己生活过的那个农场（位于艾罗斯托克河上游沿岸）回忆的地方。他就是在那个又小又旧的农场里长大的，为此他也总是买那些又旧又小的农场，就是看自己能否从那里找到儿时记忆，可买下来后又发现那些农场就挨着城市，所以只好把这些小农场分割成一个又一个的不动产单位，虽然他买下了这些农场，但他连看一眼这些农场的时间都没有，更遑论住呢！

在对待他唯一的儿子皮特这事儿上，老帕普金绝对是一个地地道道的沿海省份的人。这也是我必须要交代清楚的事情：大英帝国臣子的铁石心肠深入老帕普金的骨髓，他坚决不让这个儿子沾染一点奢靡生活！绝不！自打帕普金还是个小孩子起，老帕普金就对儿子严加管教绝不手软，儿子稍有浪费，他就"用鞭子把那些魔鬼从他身上给赶出来"，这也是流行于沿海省份的一种趋势。他又把儿子送到一间老式学校以便"把孩子身上的奢靡之气给揍没了"，接着他又把儿子放到新斯科特省的一间寄宿学校待了一年，也是为了"把这孩子身上的奢靡之气打掉"。可是，即便经过这道道锤炼，帕普金刚到马里普斯时，还是别着镶宝石的领带夹，穿一身淡黄色运动衣，在发薪水的日子会特意戴上他那条藏红色罗纹丝绸领带，这说明帕普金应该继续留在沿海省份，直到把骨子里的罪恶本性完全鞭笞掉再说。当然了，小帕普金一开始是准备进军法律界的。那也是他父亲老帕普金的梦想，他的梦想就是开一间"帕普金·帕普金·帕普金老少三代律师事务所"，本来应该是梦想成真的。但是小帕普金因为那个愚蠢的、在他父亲想做律师时就已经被采用的律师考试制度而被拒之于门外。就这样，他被父亲不得已扔给了银行。我猜当初老帕普金说这个话时，就是用"扔"这个词，正因为是"扔"，所以老帕普金决定把儿子"扔"得远点儿，越远越好，不拖泥带水才好（你知道沿海省份的人是怎样用这个词的吧）。为了把儿子"扔"出去，他特地找了个老朋友，一个同样心直口快的朋友[①]。这人和老帕普金一样雷厉风行，30年前两个人在同一个城市的同一个法学院学习。这人正好就住在马里普斯，也因为雷厉风行的性格，所以他答应得很痛快："爱德华兄，看在约瑟王的分儿上，就让孩子过来好了！"

就这样，小帕普金来到了马里普斯。还有，他到了马里普斯，老帕普金的那个朋友一点表示也没有，可以说相当不待见他，要我说这恐怕就是他在延续沿海人所说的那种"棍棒教育"吧。

我在前面几章里有没有提起过好几代以前，法官的祖上就住在艾罗斯托克河岸的土地上，后来是法官的父亲那辈迁

---

① 实际上，老帕普金所托付的朋友就是帕帕雷法官。

来了德坎色地区？也许我没有，不过也没关系了。

　　但是听完我这番回忆后，那还有什么糟糕事情等着年轻人帕普金呢？且听下回分解。

第九章　发生在马里普斯的银行奇案

自杀可不是个小事情，如果没想清楚就不该贸然行动。大部分的自杀后果很可怕，有些人的自杀给旁人造成的痛比他本人承担的痛更甚。

我不是说人们没理由自杀，实际上自杀的理由很多。不少人听过某种音乐，读过某几行诗词，或者听了某场用六角琴演奏的音乐会，真的会觉得有的生命是不应该继续活在世间。所以说，自杀在某种意义上说有其积极的一面。

但是以爱的名义而自杀很容易让他人质疑你自杀的动机。我知道我的这种想法和那些真心相爱的人对自杀的看法正相反。在相信真爱至上的人看来，因为微乎其微的口角而自杀是终结自己生命（本来也不该来到这个世界上）的同时还能让人高看一眼的唯一方式。

我也特相信有些事情因为其本身的魅力确实容易让人激动并为之着迷。比如说，为了某个女孩，男孩的心都碎了，正当他手里举着半品脱氢氰酸准备终止自己生命的那一刻，女孩突然赶来，因为男孩此举让她意识到他那颗真心的价值，而后者也喃喃地说着"原谅你"之类的话——这一幕确实能打动人心，容易让人热血沸腾。

但是除了我上面讲的令人心驰神往的自杀情形外，还真没几个人（当然了，不算那些彼此相爱的情侣）尝过5个星期内自杀4次的滋味！

然而这种5个星期内企图自杀4次的事情就发生在兑换银行的帕普金身上。

先说自打帕普金认识簪娜的那一刻起，他就意识到自己对这女孩的爱根本就没指望。她是那么美！那么好！他根本就配不上！那女孩她爹烦他，她妈看不上他。他自己挣得不多倒也罢了，可谁让他家里又那么有钱！

除了上面这些事情让帕普金痛苦不堪外，下面的事情折磨他更甚。有天晚上，这个年轻人去了法官家的宅子，露台上，一个诗人正在给簪娜背诗听呢！于是出纳员帕普金又一次想到了自杀。背诗的那个人长一张阴沉的驴脸，就几缕头发还分着中分，眼睛如一堆糖浆浑浊不堪。不知道这诗人是从哪儿钻出来的——兴许是从城里来的——天气已经是八月了，那天晚上，这个不知来处的诗人就待在法官家里。帕普金去的时候，他正在背诗——谁知道是谁的诗，也许是丁尼生的诗歌，要不就是雪莱的，是那人自己写的也不一定，反正帕普金也听不出诗的出处。簪娜十指相扣坐在诗人旁边，露台上有瞪着天空遐想的诺拉·加拉赫，以及正在眺望远方（说是虚空也行）的德鲁尼的闺女乔喜玲，除了她们仨外，还有另外一个身材上下一般粗的妇人，只见她歪着脑袋盯着诗人，一副看不够的样子。再仔细瞧，法官家的露台上挤着一堆人呢！

我本人并不了解诗人们如何接近女人的套路。但我猜大伙儿都认可一个事实，那就是，只要他是个诗人，随地往那儿一坐，两手比画几下，再故作深沉地背上几行，听上去痴呆愚钝傻，却能让一堆妇女为他着迷。男人们当然从心里鄙视诗人，恨不能一脚把他踹下露台；但女人们就不同了，她们常常痴痴地附和，和诗人一起做疯癫状。

帕普金坐下来，听诗人朗诵布朗宁的诗，那工夫每个人都在领会那首诗的意境，只有帕普金没有，他的双眼一直盯着簪娜。他看见女孩的一双眸子恨不能粘在诗人身上，仿佛要把她女性的身体挂到从诗人嘴里冒出来的每一个音符上面去（簪娜总给人这种印象，似乎只有这样才能表达她对诗歌的热爱）。此情此景让站在露台上的帕普金足足愣怔了15分钟，继而他连再见都没说一声就沿露台一侧跳下，消失在茫茫夜色中。

帕普金沿奥尼达大街而下到了主街，脚下的步子是越来越沉，脑海里只被一个念头占据着："不如一了百了吧！"他朝着艾略特的药店走去，心里主意已定——给自己来瓶氯仿^①水，咕咚咚一气儿喝下，死在店里算完！

帕普金走啊走，整件事情在心里变得越来越生动，就像画似的，连其中的细枝末节都看得一清二楚。他眼里依稀出现明天早晨报纸上的大标题，它一定是这样写的：

耸人听闻的自杀事件，皮特·帕普金服毒身亡

同时帕普金的心里也在考虑另外一件事情：他希望自己的自杀行为能引起公众关注，从而引起大家一起来讨论大规模发行布朗宁诗歌的做法是否适合这一话题，他更希望质疑的声音在报纸上能够掀起轩然大波。

就这样，帕普金走走想想，转眼就到了街角。

这是一个暖和的八月傍晚，艾略特的药店里，灯火辉煌。隔着半条街就能听见苏打水的嘶嘶声。店里到处都是青年男女，一派熙熙攘攘的景象，连上了年纪的人也来凑热闹。所有人都在喝着什么，不是沙士汽水、巧克力圣代水，就是柠檬酸水，或者那种用吸管喝的起泡儿饮料。我猜你还从来没有见过这样欢歌笑语的场面，女孩们身着白色、粉色和剑桥蓝的衣服，盛饮料的大桶给漆成大理石白色，银色的水龙头里一个劲儿地往外冒着苏打水，嘶嘶作响，溅得到处都是。店主艾略特和他的助手一人穿一件白大褂，白大褂的口袋里分别插着一支猩红的天竺葵。此情此景，要多欢乐有

_____
① 氯仿，一种麻醉剂，可以致人死命。

多欢乐。

都说巴黎剧场的门厅气氛特别好，但是我怀疑前者是否比得上艾略特药店里的乐呵场面，我是说，那天晚上，在艾略特的药店里，处处可见发自内心的、真情实意的开心和对生活的喜乐之心。

药店在那一晚显得特别拥挤。因为是星期天，所有的酒店都早早关了门（斯密斯的酒店除外）。也就是因为酒店关门，人们都向药店奔去，好像一群等不及喝到清水的渴鱼。这一幕难道不正说明把禁酒的权利下放到县城以及提倡禁酒运动的政策愚蠢至极吗？这还用问为什么吗？你让那些卖酒的停业关门，不就是逼着大家伙儿都跑去喝苏打水？药店里，苏打水琳琅满目应有尽有，比以前任何时候都多！大叔、姑娘和小伙儿都去了那里，甚至还有小孩子哩。我就见过七八岁的小孩子，还得要大人抱起来坐在板凳上，也来喝那些盛在高脚大杯里的柠檬苏打，那些杯子，个个大得要命，里面的苏打水足以能撑破孩子们的小肚皮——这些孩子，还是他们的老爸亲自给领到药店去的。他们为什么要这么做？不就是因为酒店里的酒吧都给关了嘛！

那种认为把威士忌和白兰地的供应给切掉就能让人们戒酒的办法有什么用？唯一的结果就是让人们去找柠檬酸水、沙士汽水、樱桃提神水等以前这帮人碰都不会碰的东西解馋。所以，长远来看他们喝得更多了。关键是不管使多大的劲儿，你都阻止不了人们想喝点什么乐呵一下的心情。如果他们想乐呵，可又喝不到啤酒和白兰地，那就只好喝苏打水和柠檬水凑数，然后呢，那些宣扬戒酒运动的人想出来的没啥用的策略就这样给轻而易举地击得粉碎。

但我想说的是，那个星期六晚上，艾略特的药店是世界上最开心最热闹的地方。

想象一下，找这么一个地方了断生命是不是傻得可以！

想像一下，一个人来到这么一个地方，走到卖苏打水的柜台前，说要买五分钱的氯仿兑苏打水，那可能吗？绝对不可能！

这些就是帕普金那晚的经历。你看，当他一进到店里，马上就有人冲他打招呼："你好，皮特！"接着别人也开口叫他："嗨，皮特！"还有人问："最近怎么样？"还有人直接问："混得怎么样啊？老兄？"总之都是诸如此类的话，这帮人已经多多少少喝了点了，自然是乐乐呵呵的。

所以，帕普金没有买氯仿，而是一个箭步冲到放苏打水机的柜台前，给自己要了赛尔兹含溴镇静水混搭樱桃苏打水，接着又要了杯赛尔兹碳酸水，同时还要了几份赛尔兹柠檬水，喝完了又给自己要了杯赛尔兹镇静水。

我不知道您是否了解赛尔兹镇静水对大脑的影响——喝完那水后想自杀肯定是有点儿困难，因为水下肚后你人就飘起来了！哪里还会去想什么自杀的事情！

好嘛！镇静水、灯光、灯光下的姑娘们，帕普金感觉好极了，他才不要管什么布朗宁呢，至于那个诗人嘛，谁会和这种人生气？！还有那些诗——不过是押韵的几行字而已！

你相信吗？十分钟之内帕普金又去了法官家，至于诗人还在不在那里，谁在乎！他拎了三块从艾略特的店里买的冰激凌（分别是绿色、粉色和咖啡色）。当帕普金站到法官家的大阳台时，正好是布朗宁的诗歌已经给读得干巴巴的时候。这时的帕普金，兴奋得仿佛脑瓜里盛满了嗞嗞冒泡儿的赛尔兹水，他把那三块冰激凌端出来，簪娜跑去拿碟子和小勺，帕普金也跟着过去帮忙，两人高高兴兴地给大家拿来吃冰激凌的家什——这就是姑娘，她们从不需要塞尔兹镇静水调节心情，任何时候她们都是开开心心的。

至于那个诗人，你能想见当簪娜告诉帕普金诗人已经结婚了，而且那个上下一般粗细、头老是歪着的桶状小妇人就是诗人老婆时，帕普金的心情吗？

就这样，大家一起享受起冰激凌来，诗人吃得很猛，连桶都抱起来了。诗人嘛，就是这样，他们需要与众不同！享受完后，诗人又朗诵了自己写的几行诗。帕普金这时候才意识到自己险些铸成大错，误会了面前这个读诗的男人，这人写的那几句诗多美啊，称得上完美无瑕无与伦比。那个晚上，帕普金是飘着回家的，什么氯仿，早扔到了九霄云外！

他更没有自杀！像那些热恋中的人一样，他想一出是一出，主意变得飞快！

我看我这里不需要把帕普金那些自杀的念头挨个儿给您描述一番，那些念头起来时都是一个模样，可是到后来兜兜转转事情就变样了，和我上面描述的大同小异，差不到哪里去。

有时候，帕普金会半夜起来去到宿舍下面的办公室里，找出银行预备在办公室里的那把左轮手枪，一心想要了断自己的生命。做这些的时候，他也预测了第二天的报纸版面会出现如下标题：

有为青年银行家开枪结束了自己的生命

但是用枪轰脑袋这事儿动静太大，场面忒那个了！而且帕普金很快发现只有特殊材料做的脑袋才能挡得了枪子儿。所以每次他又在深夜悄悄溜回去，把枪偷偷放回原处的同时暗下决心——用跳河的方式来了断余生。可是每当他来到瓦萨微比河边，让自己站到河面上的那座铁桥上时，又发现自己根本不可能从这桥上跳下去！从桥上往下看，河面上幽深黢黑，湍急的水流听上去让人毛骨悚然——一句话，那根本就不是个跳河的地方。

这之后帕普金想到站在铁轨上把自己塞在快车轮子底下比跳河轻生可能要痛快很多。多少次他站在桥上等急驰而来的火车，可从未找到哪一对轮子适合自己的身子骨。确实也是，就那么站着哪能分辨出冲自己这厢过来的火车哪辆车是快车，哪辆又是货车。

反正帕普金的那些自杀企图没有一个让他成为一位英雄，更没有解决他和簪娜之间那种说不清理还乱的爱情故事。可出人意料的是，最后倒是自杀的想法把他卷进了一桩银行奇案。这案子奇到即使这个国家最野心勃勃的行业里的那些最聪明的法律脑袋瓜儿面对此案时，都是一副一筹莫展束手无策的模样。

那是某一天夜晚，帕普金又痛下决心，他准备去趟办公室（我以前说过的，他常常半夜里去楼下的那间办公室），从办公室抽屉里取出那把左轮手枪，检查一下那玩意儿是不是今晚能把他脑袋轰开。他之所以又起了这个念头是因为那晚镇上举办了一场消防舞会，舞会上簪娜和一个从城里来的人跳了四支舞，那人是大学里的四年级学生，据说他天文地理无所不知。簪娜和大学生跳舞的场面再一次超出了帕普金的承受范围。于是他独自回了宿舍，那天晚上和他住一个宿舍的汤普金出门了，整幢银行就剩下帕普金一人，对了，还有一个叫吉利斯的守夜人，住在大楼背阴面的一个小屋里。

一开始帕普金坐在自己的房间里，闷闷不乐，有两三次他欲捧起本书来读——后来据他回忆那晚他读的是康德①的

① 康德（Immanuel Kant, 1724—1804），德国哲学家。

《纯粹理性批判》一书——他原本是打算心无旁骛地读下去，可是那本书写得实在枯燥琐碎，于是帕普金猛地从椅子上站起来，沿楼梯而下，走进办公室，打算拿起枪当场了断自己，第二天那帮人肯定会发现躺在地板上身陷血泊中的他。

夜更深了，银行大楼内空空如也，死一般寂静。帕普金脚下的楼梯木板发出吱吱扭扭的声音，正在这时，不知从哪里传来一声好像是关门或者开门的声音。听上去不是那种清脆的关门声，而是闷闷的低沉的声音，好像是地下室保险柜的门给关上的声音。帕普金站在那里，侧耳细听。他感觉自己的心快要跳出来了，而且"怦怦"地一个劲儿地撞击着他身上的那几条肋骨。这之后他轻轻踢掉脚上的拖鞋，悄没声息地溜进一楼的办公室，从自己办公桌的抽屉里拿出那把枪，抓在手里，继续屏息敛神地听着从大楼后面传出来的脚步声。过了一会儿那声音挪到了地下金库。

我先解释一下，马里普斯兑换银行的办公室在一楼，出门就是大街。一楼下面还有一层，那里的房间光线很暗，废弃不用的桌子和一箱箱的文件堆在石板地面上——这里就是银行的地下金库！此时正是秋天，丰收时节，金库里堆着一堆从50元一捆到100元一捆不等的钞票，数目有6万元之多。房间里没有灯，从外面反射进来的街灯的光在石板地面上织成明暗交错的光影。

我猜帕普金当时站在办公室里，手拿左轮手枪，全然忘了自己跑到这儿来的伤感理由。他一心一意地听着从地下金库和银行后楼梯传来的声音，那些英雄啊爱情啊的想法统统被他抛在脑后。夜色愈来愈沉，帕普金也愈来愈敏锐警觉。

突然，帕普金意识到了什么，那声音仿佛一张纸条，白纸黑字，搁在帕普金面前提醒着他。不是提醒他要当英雄的声音，而是提醒他在银行下面的地下金库里统共堆放着6万元现钞，而银行一年只付给他800元看管这些钱。

脚上只穿一双袜子的帕普金站在那里，街灯从窗户射进来，映着他的脸像炉灰一样惨白。他的心脏像怦怦直跳的小锤儿，狠狠地敲打着身体里的那几根肋骨。帕普金的血管里流淌着英国四代效忠分子的热血，若是哪个强盗想从马里普斯银行里抢走这6万元现钞，那先得从他——一个出纳员的尸体上迈过去。

帕普金沿着楼梯下到地下一层，就是有金库的那一层，此时的帕普金走路的样子像极了他的先祖游行前进的身影。可是他不知道，就在他沿楼梯下到地下金库的入口时，有一个男人也在俯着身子沿着后面的楼梯来到了地下室。这个男人和帕普金一样，手拿一把左轮手枪，脸上的神态和帕普金一样刚毅决绝。他显然也听到了出纳员帕普金下楼的脚步声，于是转过身来，悄无声息地等在门口的阴影里。

接下来的细节就没必要一一去讲了，因为最让人感兴趣的事情无非是：一个穿着灯芯绒短睡衣、脚上只穿袜子的银

行出纳员，他是怎样在深更半夜里成了镇子上所有女孩日思夜想的英雄的。

整个事件发生在夜里3点左右，守夜人吉利斯的证词后来证明了这点。他说当他听到头回动静时还特意看了下表，时间是2点半。他还说三天前他对表的时候那表慢了45分，对完后表准了很多。听到楼道里的脚步声后，吉利斯带上手枪，摸索着下了楼梯，至于他究竟是几点下的楼梯，这一点在后来对证人的交叉询问中成了关键部分。

讲到这儿故事还没结束。当帕普金走到银行保险箱的铁门跟前，跪在那里，在黑暗中摸索着，想找到被砸坏了的门锁碎片，这时他猛地听到身后传来一阵响声，于是他半跪着转过身去，半明半暗的光线里，那个抢劫犯就站在地下室走廊的过道里。那家伙手里的枪闪闪发亮。剩下的事情是在一瞬间发生的。帕普金听见自己的声音回荡在走廊里，不过那声音听上去好奇怪："放下枪！不然我开枪了！"就在他抬起枪口的一瞬，眼前火光一闪，接着一黑！初级出纳员皮特·帕普金一头栽在了地板上，人事不知昏死过去。

我本应该在这儿打住，然后再写一章继续，要不还可以直接给读者脑门一下（当然是用沙袋了）让他镇定镇定，再花时间好好想想，用老百姓的话说就是：先打住！数完100个数后走条街，一边走一边想象皮特·帕普金躺在银行的地板上，一动也不动，两只胳膊呈大字形，手里还紧紧握着那把左轮手枪……可是我不能再镇定下去了，我得赶紧讲完它。

第二天早晨7点半，镇子上的人就都听到了这个消息：出纳员帕普金被抢银行的歹徒开枪击中头部，死在银行大楼的地下室金库里。而且，守夜人吉利斯也被打死了——他倒在楼梯上。强盗抢走了5万元现钞，血洒了一路，已经有人带上猎犬顺着血迹跟了过去，现在正在镇北边的大沼泽地那儿搜呢！

有一点我得指出来，而且这点很重要：那就是人们第一次得到银行被抢的消息是在7点半。随着时间一点点过去，传来的消息也越来越多。8点的时候，有消息说帕普金没有死，枪子儿打在他的双肺上。到了8点半，又说不是给打中了肺部，而是横穿胸口。

9点传来的消息说帕普金的胸口没事，有事的是耳朵——那颗子弹打中了他的右耳，几乎削走了帕普金的大半只耳朵。最后等来的尘埃落定的说法是：耳朵没给打飞，但是子弹擦过帕普金的头皮，要是再往左偏个一两英寸，就打中脑袋了。不过这也足够了，在公众的眼里，这和被打死没什么两样。

9点钟的时候，有人看见头上缠着一大圈绷带的帕普金站在大街上给警察指强盗是从哪条路跑的。也有消息说吉利斯（就是那个守夜人）也活着，说他给强盗打中了脑袋，但是没人确切知道他伤得重不重。到了10点钟，消息来了，说吉利斯也被强盗的子弹擦破了头皮，是强盗开第二枪时蹭到的，但是就当时所了解到的，他的脑袋没啥问题。写到这里我应该再加上一句，那就是，什么血迹啊、沼泽啊，还有警犬啥的到最后都成了捕风捉影的事情。地上的印记看着是血，不过当众人顺着印记找到奈德里肉店的地窖时，又觉得那"血迹"其实是糖浆也不一定。有些人马上站出来反驳，说那是因为狡猾的强盗为了逃脱猎犬追踪故意把糖浆洒在真的血迹上。

大家都知道马里普斯镇没有猎犬，不过我想提醒你一句的是：这里绝对不缺狗。

所以你看，上午10点钟的时候，整个事件又陷入了谜团之中，虽然从开始也没搞清楚。

证据挺充分：帕普金和吉利斯都有话说，镇子上的其他人也抢着作证，他们说自己听到了那声枪响，而且看到强盗（有些人说，是一群强盗）在夜里跑过去了（有些人说不是跑，是走过去的）。有一点很清楚，那就是强盗在马里普斯的大街上来回跑了有半条街的路程才消失在夜色中。

但是帕普金和吉利斯的证词听上去有点过于简单。帕普金说当时他听到银行里有动静，于是就走下楼梯，想探个究竟，结果看到强盗就站在过道上，那人身形彪悍，表情邪恶，穿一件很厚的衣服。吉利斯也说他和帕普金几乎是同一时间听到的动静。不同的是他看见强盗是个很矮很瘦的家伙，穿一件短夹克，脸上的表情十分凶恶，凶恶得他在黑暗中都看得清清楚楚。接着吉利斯好好想了一会儿，然后说自己搞错了，说他看见的强盗体格高大，比帕普金描述的还要高要壮，还说他也向强盗开了一枪，几乎是和帕普金同一时间开的枪。

除了这两个人的证词外，事件其余部分就是一团疑云，外人概莫能知。

到了上午11点，银行总部从城里专门请来了侦探。

我真希望你能看到那两个侦探先生是如何在马里普斯上下求索四处摸底的——两个人长得都挺英俊，脸上的表情严肃到不可理喻，而且那两人一看就是心里有底胸中有数的那类侦探，于无声之时就已经对这个镇子摸了个底儿掉。他们先去了斯密斯酒店，以一种只是路过而不是特意要去的方式，可以说一点动静都没搞。两个人站在酒店的吧台前，偶尔说上几句，用的还是侦探才会用的谈话方式（我不说你也知道）。有时这两个侦探也请一两个旁人过来（是和那两位侦探一伙儿的也未定），给后者买杯酒，从几个人喝酒的样子来看，那两个人一直在打听线索。如若让他们听到凶手的蛛丝马迹出现在马里普斯酒店、大陆酒店或者马里普斯大市场，这两个人马上露出一副磨刀霍霍不辞劳苦的架势，化成一股旋风就飞也似的去了。

有一天，我看见那两个侦探出现在镇子上。他们谁也不说话，脚步沉重，脸上挂着镇静万分的表情，这让我不由得想到这两个人所从事的职业不仅危险万分，而且神乎其神。那一天他们都在街上晃悠，只是他们缄默不语的样子，让你想不到两个人是在工作。他们在斯密斯的咖啡店里吃饭，吃完后花了一个半小时的时间摆脱别人的注意。直到确认没人注意他们了，两个人才敢来到斯密斯的酒吧后台，想着和酒吧老板说会儿话。斯密斯很快就和他们打成一片。原因很简单，三个人都是大块头，再加上干酒店的和侦探天生就有一种亲近感，还有，这些人不说话的时候让他人感觉到高不可攀，同时他们自己又对他人的心理弱点摸得门儿清。

对这两个侦探来说，斯密斯无疑是能助他们一臂之力的最佳人选。"年轻人，"他说，"我不会问别人太那个的问题，问别人谁天黑了还待在外面，这种做法在我们这个镇子行不通。"

当那两个聪明人在下午5点半离开镇子回了城里，谁能知道在那两张神秘莫测的大脸后面，有一大堆线索在沸腾的漩涡里打着滚呢！

如果说这两个侦探是英雄，那帕普金又是什么？想象一下他头缠绷带，站在银行门口和大伙描述银行劫案时脸上那种特有的带点做作的谦虚神态——那是英雄才有的做派。

我不知道您是否当过英雄，当然了，没什么可以和当英雄的快乐相比。对于帕普金而言，过去以来一直认为自己一无是处，可一下子成了人们心目中和拿破仑·波拿巴[①]、约翰·梅纳德[②]、英国轻骑兵团[③]的士兵一样的人——噢，这感觉也太美妙了。帕普金现在是一个勇敢的男人，再加上他心里十分清楚一点：勇敢的人都具备谦虚的美德，所以现在的他变得既勇敢又谦虚。他和大家说他只是做了自己分内的事情，换了任何一个人都会像他那样做的。可是当旁人跟着来了一句"也对，细想也对"时，被伤痛连累的帕普金马上闭上嘴，扭过头冷冷地盯着那个人，于无声处自有一股不怒自威的英雄气概。

如果给帕普金知道城里所有晚报都登着他死了的消息，那他更得要按捺住激动的心情，让自己镇静再镇静……

那天下午，马里普斯法庭开庭审理此案，从技术的角度讲，法庭传唤的是已经成了死人的强盗（虽然警察还没找到尸体）。法庭把证人叫来站成一行，再挨个交叉审问是件很有意思的事情。交叉审问一开始，就派了非常优秀的刑事律师尼文斯出场（他可是马里普斯当地人），接下来的反讯问

---

① 拿破仑·波拿巴（Napoleon Baonaparte），十九世纪法国伟大的军事家、政治家，法兰西第一帝国的缔造者。
② 约翰·梅纳德（John Maynard）是曾经登在《安大略学会读者》（*Ontario School Reader*）上的一首同名诗歌里的英雄。约翰·梅纳德是一艘轮船上的一名舵手，轮船在伊利湖上失火，约翰·梅纳德坚守岗位一直等到所有乘客安全离开轮船，在诗里他被称赞为英雄。
③ 原文为The Charge of the Light Brigade，指的是1856年爆发的克里米亚战争中的英国轻骑兵团的英勇事迹。

环节里由主持审判的帕帕雷法官提出质询，他观变沉机，问询深不可测，听得人毛骨悚然不说，还老打激灵。

首先传唤的是银行经理木林斯，他站在证人席上被质询了一个半小时的工夫，当时人们屏息凝神，房间里安静得连根针掉在地上都能听得见。先是尼文斯发问。

"你叫什么名字？"尼文斯问道。

"亨利·奥古斯丁·木林斯。"

"你在银行里的职位？"

"兑换银行的经理。"

"请问你的出生日期？"

"1869年12月30日。"

问完这几个问题后，尼文斯平静地看着木林斯。你感觉他正在考虑以何种方式抛出下一个问题。

"中学是在哪里上的？"

木林斯的回答很直接："在家乡的高中上的。"尼文斯沉思了一会儿接着问道：

"学校里有多少个男生？"

"差不多60个。"

"多少老师？"

"大约3个。"

问完了，尼文斯又停顿了好一会儿，好像是在"消化"刚才问到的证据，终于，他仿佛想起了什么似的继续问道：

"我知道你昨天晚上不在银行大楼里，你在哪里？"

"我去了湖边，打野鸭子去了。"

你真应该看看那个场面，当木林斯说出这番话的时候，坐在椅子上的法官马上坐直了身体，探着脑袋插了一句话："打到野鸭子了吗，哈里①？"

"打到了，"木林斯说，"打了6只。"

"在哪儿打到的？什么？湖那边的沼泽地里？可不敢胡说啊？你真是在那个长野稻子的地方打到的？怎么打到的？"

问题像子弹，嗖嗖地飞向法庭上的证人，连气都不让证人喘一口！事实上，从木林斯的证词中人们猛醒到第一批南飞的鸭子已经到了微萨诺蒂湖附近的沼泽地里。就因为这个原因，下午开庭还没过一刻钟的时间庭审就收场了。庭审一结束，由木林斯、德芙加上其他几个人（差不多一半都是法庭证人）组成的打猎队伍肩扛长枪浩浩荡荡向湖边奔去。

有一点需要说明白的是：发生在马里普斯银行的这起抢劫案从来就没有真相大白过——人倒是逮了一批，不过那里面的大部分人都是流浪汉和嫌疑分子，而且只是怀疑，并没有落实，真正的嫌疑犯从来没有抓到。

后来在密西诺芭县城的边缘地带，离镇子大约20英里的地方，逮着了一个人，那人长得完全符合证人对抢劫犯的描

_____

① 对木林斯的昵称。在法庭上是不该这么称呼证人的。这里有作者戏谑调侃之意。

197

述，而且他的一条腿是假肢（木头做的）。在马里普斯这种地方，一个一条腿的流浪汉总是逃不了抢劫犯的干系，只要有什么抢劫啊谋杀之类的事情发生，就得抓一批这样的人。

没人知道银行到底丢了多少钱。有人说10万，还有人说比这个数多。银行呢，出于商业上的目的，声称保险箱里的东西一分不少——嫌疑犯的抢劫计划显然是落了个空。

不过嫌疑犯是否被捉拿归案绳之以法这类消息是不会再惹得帕普金处于一种心情极度激动的状态之下。还有，人们常说祸不单行，可好福气来时，那也是一个接一个地打不住。对帕普金来说，那一天就是这样的日子，好事情噼里啪啦全部掉到了他头上。上午他被镇子上尊崇为英雄，法庭上，法官帕帕雷当众告诉帕普金，说他的事迹完全可以编进《德坎色地区的开拓者》里，还邀请他去自己家一起吃晚饭。下午5点，银行总部拍来电报通知他加薪，薪水涨到1000元，这下他不仅升华为英雄，还可以考虑婚姻大事了！6点钟帕普金向法官家走去，内心的意念让他决心迈出人生中最重要的一步。

他决心已定成竹在胸！

他要完成一件事，一件马里普斯人很少会做的事情，那就是：他要向簪娜·帕帕雷求婚。在马里普斯，求婚这种事情可以说凤毛麟角。恋爱的人一路走来，先是一起打网球、跳舞、滑雪，直到男女双方心知肚明，知道反正结婚是早晚的事才会在求婚这个事上达成一致。事情还没怎样就求婚听上去让人感觉太死性！太假正经！太矫情！只有书里的人才会那么干！

但是帕普金觉得普通人不敢做的事情，英雄完全可以试试身手。他要向簪娜求婚，不仅如此，他还要拿出男子汉的气魄明明白白地告诉姑娘：他有钱，他会负责的。

帕普金确实那样做了。

那天晚上在阳台上，在弗吉尼亚爬藤遮住的阴凉地里，在阴凉地里的那张吊床旁，帕普金正式向簪娜求婚。那晚帕普金的运气非常之好，好到什么样呢？好到法官回他的书房看书去了，好到帕帕雷夫人在房里忙着赶针线活儿，好到仆人也出门了（也是凑巧了），就连法官家的狗也给人拴了起来，对于一介俗人来说，谁会碰上这样一连串的好运气？

我不知道簪娜除了说"我愿意"外还说了什么，但我可以肯定的是，当帕普金告诉簪娜自家有钱这事儿时，好姑娘簪娜做了她应该做的——勇敢接受现实。帕普金接着提到了钻石的事情，她说为了他，她愿意戴上那些个钻石首饰。

正当两个人说着上面的事情以及其他的事情（好多其他的事情要说呢）的时候，奥尼达大街上突然热闹起来，一辆加长版豪华房车"突"地停在法官（要知道法官一年才挣3000元）的家门口。车里跳出来一个兴高采烈的男人，只见他身披海豹皮外衣——这身打扮当然不是为了显得气派，而是为了抵御晚秋的凄冷天气。不用我说你也明白，这人就是帕普金的老爸。他从城里的晚报上看见儿子给劫匪杀死的消息，急忙赶来。据司机说，开到这里用了不到2小时15分，本来他们还在后面派了一辆特挂火车，车里坐满了侦探和处理紧急事务的人员。不过当老帕普金半路上听到小帕普金还活着，立马拍电报撤销了后头跟来的那趟车。

如果你知道这家人来自沿海的省份，你可以想见老帕普金盯着儿子看的时候，双眼如何含满了泪水，如何准备给自己儿子一个深深的拥抱。如果说老帕普金没有捞着机会把儿子"拥在怀里"，但是他的的确确给了簪娜姑娘一个深深的拥抱，腻歪了好一会儿呢，就是不肯撒手。当然了，那是"爹地"的拥抱，沿海身份的人都是这样抱漂亮女孩儿的。让人惊奇的是老爸对自己儿子的遭遇好像一清二楚，根本不需要旁人讲给他听。

法官帕帕雷呢，要我说呢，他一见到老帕普金先生，就冲上去握着他的手，恨不得把人家的两个膀子给甩脱臼。你要是听见他们是如何用昵称称呼对方为"奈德"和"菲儿"，你就知道这两个人多年前一定是在城里那座古老的法学院里一起上学来着！

如果帕普金以为他父亲这样的富人肯定不会在马里普斯这样的地方受到追捧的话，那他就太孤陋寡闻了。老帕普金坐在法官家的露台上，嘴里呷巴着用干玉米棒做的烟斗，仿佛他这辈子从没抽过哈瓦那雪茄烟似的。这个秋天老帕普金总共在马里普斯待了三天，这三天里，他频繁进出于杰夫·索普的理发店和艾略特的药店；扛着枪去沼泽地打鸭子；每天晚上还打打扑克，押的是100根火柴一分钱的赌注，完全一副过惯了这种生活的模样，直到三天后催他回家的电报满满塞了一提包，老帕普金才不得不动身离开。

小帕普金和簪娜顺利完婚，婚后两人搬到镇子新区，住在山脚下的一所靓宅里。

你有时能看到帕普金在自家的那一小块儿草坪上割草，身上还穿着那件颜色鲜艳的黄色运动衫。

但是如果你想上前打个招呼或者到他的宅子里坐一会儿，可千万记得要压低声音说话，而且，尽量说得动听些，像唱歌似的最好——因为房间里就睡着一个迷人的小婴儿，你可不敢打搅了他的睡眠，哪怕一点儿都不行。

第九章　发生在马里普斯的银行奇案

第十章　密西诺芭县的大选

请别问我什么是选举，更别问我区选和省选有什么不同，国选和世界选举是个什么概念，我是真不知道！

要我说我们国家的其他地方肯定也经历过选举这种事，但我只见过密西诺芭县马里普斯镇的选举。那场选举把密西诺芭县连带马里普斯镇变成了一处风暴中心和波诡云谲之地。

那真是规模巨大的选举，其中好多重大问题被拿来讨论：比如说马里普斯镇是否应该成为美国的一部分；在德坎色地区学校屋顶上飘扬了100年的那面旗子是否早该给摘下来；是不是英属领地上的人民就应该做奴隶；加拿大人是否应该成为英属领地的臣民；农民阶级是否觉得自己就是加拿大人……

在选举中，马里普斯人人摇旗呐喊，个个敲锣打鼓，人手一把光芒四射的火炬，几多喧嚣，几多闹腾。在这样的造势下，密西诺芭县以外地区的选举和这个县的选举活动比起来可以说是小菜一碟，无足轻重。

既然选举已经过去了，那我们现在自然可以班荆道故，坐下来好好说道一番。如今回过头去看那场选举，一切表露无遗，那就是：加拿大大选救了大英帝国，密西诺芭县大选救了加拿大，德坎色地区第三轮投的选票救了密西诺芭县，而正是马里普斯人推动了德坎色地区第三轮的选举。得！就让我把话说到这儿吧，毕竟，这里的人一向不喜自吹自擂，每次聊起这次选举，他们也就云淡风轻地说个三四遍，保证不会超出这个数。

话说回来，除非你一开始对马里普斯镇扑朔迷离的政治斗争了然于胸，否则的话你根本无从了解发生在这场大选中的那些诸如开一个又一个大会，搞一场又一场运动以及提名、唱票等纷繁复杂的事情。

还是让我从头细细道来好了：在马里普斯，每个人不是保守党，就是自由党，要不就既是保守党也是自由党——两头儿都占着。那些一辈子跟着自由党或者保守党的人常常被冠以"铁杆儿分子""老托派分子①"的头衔儿。这些人经过长年的斗争锤炼，对国家大事有着一针见血的穿透力，即使是面对最复杂的问题，他们也能做到四秒之内就给出答案。事实上，每天早晨他们从一堆信件里拿起报纸的那一刻，任

① 托派分子（Tories），历史上这个词常用来形容那些忠诚响应英国君主制的人群。美国独立战争爆发后，那些曾对大英帝国保持忠诚的殖民地政治精英们流亡到加拿大，这些人通常被称为"托派分子"。

何你可能甩给他们的问题的答案就已经在脑海里想好了。还有一些人，他们属于比较放得开的那一类人，也很理智，选自由党还是保守党取决于当事人自己对时事的判断，判断完后，如果他们觉得投自由党值，投自由党能有好处拿，那就投自由党。如果没有好处拿，他们便拒绝成为某个党派的奴隶或者为任何政治领导人出力的人。所以对于那些致力于搜罗能干活儿的人的党派来说，就得离这些人远点儿。

在马里普斯，有一件事绝对不可以商量，那就是你不可以没有政治立场。当然了，总有一些人为环境所迫，声称他们不属于任何政治队伍，这种做法也是情有可原。就拿在邮局干活儿的特劳尼来说，多年以前老麦肯锡①当政时，他是个送信的；后来老麦唐纳②当政，他成了信件分拣员；到了塔坡③政府执政，他开始干盖邮戳儿的活儿；一路走来特劳尼虽然一直坚称自己没有任何政治立场，但真实情况是他有很多政治立场。

马里普斯的神职人员也没有政治立场。可以说他们的政治立场为零。然而一到大选临近，德鲁尼主教宣道时的措辞是这样的："哈！以色列就没有一个正义的人吗？"或者，

---

① 历史上自由党主政的加拿大政府。
② 参考第86页注释①。
③ 塔坡（Tupper），加拿大第6任总理，任期只有69天，是加拿大历史上任期最短的总理。

是这样的："什么？这还不是变革的时候？①"主教的这几句话对于正坐在教堂凳子上的那些加入了自由党的生意人来说无异于一个信号，意思是让他们赶紧从凳子上起来，哪儿凉快上哪儿待着去。

大选临近时，长老会神父宣道时一定会说自己所忠于事业的神圣性既不允许他本人参加任何党派，也不允许他本人对教会的兄弟们大放厥词，希望他们不好。但如果哪天哪位不信神的家伙被推到高位（他的意思是说哪天哪位保守党员赢了席位），他绝对不会因为这事业的神圣性就不敢说出心里的想法。他说那一天如果到来他一定会把教堂里那些为保守党站队的人清理出去。主教还引经据典举例说那些和保守党立场一样的古希伯来人不是被洪水淹死，就是被沙漠埋了，总之全部死无葬身之地——那也是罪有应得，能活下来的古人毫无疑问都是彻彻底底地有着和自由党差不多立场的人。

要我说在马里普斯还是有些人可以不用参加任何党派，比如说那些为政府工作的人和为教会工作的人以及学校老师和开酒店的，但是除了这些人，其他的人只要开口声明自己不支持任何党派，准保会被当成不说实话的滑头。一个人越是说自己不追随任何党派，大家越是要搞清楚他到底是哪个党的人。

事实上，整个镇子连带密西诺芭县城都是一个政治蜂

① 这里指德鲁尼主教站在保守党这边。

巢。如果你只见过威斯敏斯特议员开会以及华盛顿参议院的议员们开会的场面，却从没见过德坎色地区的保守党党员大会，或者是在区学校举行的德坎色地区自由党党员集会，那我说你对政治这事儿纯属一知半解。

这样说来，你是不是可以想象得到，当马里普斯人得到消息说乔治国王要解散加拿大议会，还特地下了一纸令状（也可以说是命令）要马里普斯另选一人代替宝绍（原因是国王本人不再对此人有信心）时那掀起的激动人心的场面。

英国国王在马里普斯不仅妇孺皆知，还被爱戴有加。人人都记得国王的那次加拿大之行，行程称得上盛大隆重，其间他曾在马里普斯车站短暂停留。整个镇子的人都拥到车站去瞻仰国王（那时国王还是王子来着）。每个人都认为王子殿下没有时间下车多看两眼这个镇子是个巨大的遗憾。因为王子坐在车里只能看到站台那么大方圆的地方，充其量视线能抵达那个堆满了木头的小院儿那儿，这样的话难保王子不会对马里普斯镇和马里普斯人产生错觉。不过，遗憾归遗憾，王子抵达车站的那一天，马里普斯全体自由党员和保守党员还是去了站台。他们没有分成阵营，而是自觉地混搭在一起，肩并肩站着，外人绝对看不出两党的分歧。他们这样做的目的就是为了不让王子看到马里普斯的党派之争——确实，王子也没看出来（王子虽然没强调这点，但是你能感觉到）。在欢迎王子的致辞里说的都是大英帝国如何祥和太平，人民如何忠心耿耿，特地没提镇子里那些上不了台面的事情，比如建造码头引起的纠纷，选择新邮局地址时产生的意见不合，等等，通通省去没提。大家都是要面子的人，谁都不想让这些小事叨扰王子殿下，这样不公平。等以后王子成了国王，他肯定要面对这些事情，但是现在最好还是让他觉得自己的帝国四海澹然无风无澜比较好些。

既然写好的致辞尽可能地挑好的说，王子听了自然也心情愉快。我确定王子听完那些致辞后睡了个踏实觉。这还用问吗？事情不是明摆着嘛！那篇致辞在王子的随行副官和周围人的身上效果相当明显，所以王子是什么感觉，你当然可以想到了。

我想马里普斯人对历届国王的喜好都摸得门儿清。任何一位国王或者王子来，他们都极力展示马里普斯小镇"好"的一面，以让国王觉得这里的人是团结一致的。法官帕帕雷和加拉赫医生之所以突然手挽手走在大街上，其实就是为了让国王看了心里舒坦。

所以当马里普斯人得到消息说国王已经对议员宝绍失去了信心，他们一点都不怀疑这消息的真实性。国王对宝绍失去信心，没关系，他们会给国王再选一个。如果国王需要，他们会给他选上一打。他们一点都不介意张罗选举这事儿。为了不让国王操心，就是把马里普斯的男人挨个选上也在所不辞。

不管怎么说，所有的保守党员都奇怪国王和总督如何这般能忍耐，让宝绍这样的人待在议会里这么些年。

要我说，密西诺芭县是个挺健康的政治小蜂巢。这里的政治可不是城里那种狼狈为奸、狡诈至极、金钱至上的政治，而是一种民风质朴、以正直坦率为荣的政治。如果你想收点贿赂或者把自己手里的选票拿出来卖钱，那定会成为大家鄙夷的对象。我不是说党员们不收钱，他们收钱，当然收了，凭啥不收？但他们收得正大光明，而且也不敲锣打鼓地四处张扬。他们若是从当选政府那里争取到一份工作或者一份合同（大家都是人，谁不想过得舒坦点儿呢），其他人只会认为他们这样做是为国效力，而不单纯是为了一份养家糊口的工作。事情确实是这样，那些人真的就是为了民族大义，而不是为了让自己的日子过得舒坦点儿而去政府工作的。

如果你想得到密西诺芭县农场主和马里普斯生意人的选票，那首先得说服那些人，让他们觉得你是最合适的人选。只有做到这点，那些人才会把手里的选票投给你。

我需要重复一遍的是，自由党和保守党之间的分歧是很突出的。即便你在镇子上住过很长一段时间，只要你从来没在大选期间待过，那你对两党之间的分歧也无从知晓。只有当你了解了这里的人，你才能看见横在这两个党派之间的那道横梁，那是任谁也搬不动、移不开的一道障碍。只有时间才能让你慢慢感觉到这样的不合，因为那是一种微妙的让你初期很难看得清的龃龉。在外人看来，自由党员们和保守党员们相处得很融洽。比如说，牙医乔·米利甘六年前就成为保守党阵营中的一员，但这并不妨碍他和自由党党员加拉赫医生合用一个放船的仓库，两人还一起凑钱买了一艘电动船；再比如说，皮特·格拉夫和阿尔福，虽然一个支持保守党，一个力挺自由党，但在政治上的各执一词并没阻碍两人合伙开店一起做五金生意。

可是，一到选举临近，素来和睦的自由党员和保守党员却变成了谁都不肯理睬对方的一对儿，政治上的分歧及不相与谋也是有目共睹一目了然。如果米利甘这个星期六用船，那加拉赫肯定是拖到下个星期六才会驾船出游。如果格拉夫在店北头儿卖五金，阿尔福就跑到店南头儿卖油漆。还有，一到大选，你马上就能感觉到哪家报纸是保守党的喉舌，哪家则是自由党的喊话筒。就连镇子上的药店也是——一家声援保守党，另一家支持自由党。马里普斯大市场是自由党的阵营，斯密斯的酒吧则是保守党人的领地。秦汉先生加入了自由党，一到选举期间，如果死去的客户是个保守党员，他自己绝对不出面接这桩生意，而是派底下的伙计出面去打理那人的殡葬事宜。

现在你总算明白密西诺芭县的大选是个什么样的情况了吧。

议员宝绍在议会里代表整个密西诺芭县，他是一名自由党党员。

自由党人给他冠以"战马""战斧""军马""常胜将军"等各种各样的头衔。保守党员们则送给他"蠢驴""骡子""兵痞""老鬼""恶棍"等称谓。

要我说议员宝绍是世界上最有魄力的政治家！他一年四季戴顶呢帽，帽子压住了他那迎风飞舞的白发，他天生长了一张国家要员的大脸，为了自己的这张脸，他每天都要去理发店花2角5分请理发师把自己这张大人物的脸孔捯饬得干干净净。宝绍成为密西诺芭县的议员代表已经有20多年了，这么算起来加拿大自治领已经为议员宝绍贴进去2000多元的理发费——不过得到与付出相比还是值的。

宝绍先生总穿一件政治家穿的长外套，每天国家为雇人刷洗这个外套要付2角钱，还有他的鞋子，就为让每天早晨宝绍脚上的这双鞋看起来油黑锃亮，每天要支出1角5分雇人打理这双鞋，这笔钱当然也算在自治领的开支里。

怎么说这些都是应该花的钱。钱花到正经事情上就一个字：值！

马里普斯的宝绍应该是说我们这个时代最具代表性的人物之一，所以也不奇怪他5次回到马里普斯参选，而且在参选过程中把那帮保守党人打得抱头鼠窜、无地自容。别的不说，就说说他是多么极具代表性吧。首先，他在第三选区有200多英亩的土地，一直雇着两个人给他打理，这样就能证明本质上他是一介农民。每年秋天，他和那两个人带上养得肥肥的獾子去参加"密西诺芭县世界农产品展览会"。这时候你再看议员宝绍，只见他穿一条灯芯绒马裤和评委们站在猪栏前面指指点点，嘴里的麦秆儿能咬一个下午。如果某农民兄弟看到这一幕后仍然声称宝绍不能代表县里的农民去议会服务，那这人准是个浑蛋。

宝绍不但在镇子的农具生意里占着一半股份，还拥有镇制革厂四分之一的股份，这两点足以说明他是个生意人。他曾经给长老会教堂买过一条长椅的事迹让他在议会里能够代表宗教界发声。30年前他上过一年大学，这个历史事实说明他可以代表县教育界发言，不仅如此，上大学这事儿还能证明在现代科学方面，他即便不是走在前沿，也是对现代科学知识有着很好的领悟。还有，他在一家银行开了个户头，存了一点点钱，接着又在另外一家银行开了个户头，存了一大笔钱，这说明他既可以被归为穷人，也可以被划到富人那一拨儿。

除此之外，宝绍还是马里普斯镇的雄辩大师。这点特质帮了他大忙。当然了，有人也能演讲，但是那些人里面的大多数人一次最多演讲两到三个小时，之后撑不住场了，等宝绍一出来，那帮人就彻底玩儿完。有人说宝绍这匹久经沙场的老马只要能逮住个话头儿，就能滔滔不绝地说上几个小时，和伯利克利、狄摩西尼^①、西塞罗^②绝对有得一拼。

100码之外，你就能感觉宝绍一定是位众议院的议员。他身披一件说黑不黑说白不白一看就是乡绅才穿的外套，胸前还荡悠着一个粗大的金色表链儿，链子头儿上挂着印章。光看他的衣领和白色领带，你就可以判断出他代表的选区里住的都是那种敬畏上帝、对信仰虔诚的民众。他的马蹄领针则说明他的选民可不是没有运动天赋的人，他们绝对能分辨出哪头是战马，哪头又是蠢驴。

大部分时间里，他待在渥太华（虽然为图清静他喜欢待在自己的农场，可总是不得不离开，离开时正如他所说——叹着气无可奈何地离开），通常他不是在渥太华就是在华盛顿。当然了，众议院也可以随时让他去伦敦，所以人们对宝绍一年只有两个月住在马里普斯这事儿并不觉得奇怪。

这就是为什么春天的一个早晨，当宝绍跳下火车，每个人都明白他出现在马里普斯一定是因为某件重要事情。看来那些关于即将到来的选举的谣言被证实所传不虚——一点都不虚。

宝绍的行动也证明了这点。他付给一个帮他从车上取行李的男人2角5分钱，又花了5角钱让马车（相当于"公车"）司机载他到主街，然后他走进卡拉寒的烟店，花2角钱买了两

———————————

① 两人都是古希腊著名演说家。
② 古罗马著名演说家

小镇艳阳录

213

根烟，再拿着买来的烟穿过大街，去找《马里普斯时代先驱报》的汤普金，顺手把自己刚买的那两根烟送给他，说这是总统托自己带给汤普金的礼物。

那天，我们的宝绍先生在马里普斯的大街上蹿上跳下，颠来跑去了整整一个下午。只见他在五金店买钉子、油灰和玻璃，在农具店买马鞍，在杂货店买杂货，在玩具店买玩具。总之，那些竞选运动中用得着的东西他都买了个够，如果你懂政治，你就明白宝绍这些所谓"山雨欲来风满楼"的举动了。

东西置办齐全后，宝绍和平日里张罗自由党员开会的麦金斯，《马里普斯时代先驱报》的汤普金，还有既是自由党员也是独立党员的殡葬承办人秦汉先生去了马里普斯大市场后面的一个房间。

宝绍先生坐下来之前先把门仔细关上，从他这个动作你可以感觉出事关重大，宝绍先生这次是有备而来。

"先生们！"他开口说道，"选举是肯定的了。我们呢，得准备打场硬仗。"

"这回是在关税问题上做文章？"汤普金问。

"是的，虽然谁都怕提关税，可看来还是脱不了在关税上做文章。我也希望不提关税这事儿，可那帮人就是揪着这个话题不放，搞得我们还是得顺着他们的思路，我就不明白他们为啥不肯直接拿贪污这个话题说事儿？"宝绍这匹久经沙场的战马从椅子上站了起来，在房间里踱来踱去地说，"老天爷才晓得上面那帮人的心思。我提醒过他们，而且我和他们说咱们拿贪污问题作为这次选举的主题肯定能赢，而且赢得轻松容易。就拿咱这个选区来说，他们不是说我修建镇子码头还有邮局花了太多钱吗？那我们就拿出这个事儿和他们斗。对我这样的人来说，这是最好不过的议题了。就让他们先说，说我欺骗，我再站出来反驳说我从来不搞骗人那一套。这样我们不用扯到关税问题就能够占优势了。好了，先生们，暂且我们不提这，先和我说说这个选区有啥动静？有没有人站出来要参选。"

汤普金点着总统给他的礼物抽了一口（这已经是第二根了），接着宝绍的话茬儿说道：

"都说爱德华·德鲁尼要参选。"

"啊！"听到这儿，我们的"战马"禁不住喜形于色，"是他？太好了！这可太妙！他准备以什么立场参选？"

"独立党。"

"再好不过了，"宝绍说，"独立党，党纲是什么？"

"诚实和公众道德。"

"大伙儿听着，"宝绍马上发表意见道，"这下好了，德鲁尼参选正好帮了我们。诚实和公众道德！就这两个事儿！如果德鲁尼参选，想进来蹚这趟浑水，那我们稳赢。汤普金，你得抓紧时间做些事儿了，先想办法在报纸上登几篇文章，别明着说，但是话里话外透出上次竞选我们给全县的选民都塞钱了，就说我们到处许诺，把选区搞得乌烟瘴气。再透透风，就说我们去年拿着全国老百姓的钱，最后都给了密西诺芭县，今年我们还得这样干。让德鲁尼那小子拿着这些东西去和保守党争，让他先把保守党里那些老实人的选票拿过来。"

"不过让我有点儿担心的是，""战马"说到这里，不似先前那么激动，"德鲁尼到底会不会参选。他从前也老嚷嚷自己要参选，可一次也没真这么做过。没人给他钱让他参选。秦汉，你不是和他哥哥挺熟的吗？你得想想办法让我们给德鲁尼存一笔钱。不过这次我们还是不确定那家伙到底靠不靠谱。"

其实德鲁尼这次挺靠谱，不然他也不会以密西诺芭县独立党人的身份参选，还提出了公共诚信的党纲来迷惑对手。不过他骗不了这个镇子上的人，因为谁都知道他会这么做。

爱德华·德鲁尼是德鲁尼主教的弟弟，也叫小德鲁尼，大家都这么叫他，好和他哥哥区别开。他是他哥哥的弱小版：脸孔平淡无奇，看上去一点都不机灵，蓝眼睛，挺和气的样子。他是个干啥啥不成的人，从前是，现在也是。很久以前他曾经当过工程师，可是他建坝坝倒，盖桥桥塌，好容易帮着县里搭了几个码头，可春天一发洪水，那些码头就被冲得无影无踪。后来他又去开工厂——倒闭了，做承包商——赔了，现在据说是顶着个测量员还是土地专家的那么个名头混几口饭吃。

爱德华·德鲁尼的政治主张在马里普斯人的眼里从来都是荒唐的。秋天里中学开运动会，人家宝绍来学校演讲，说的是枫叶红了，学校是不是应该放半天假好让学生去观赏一下枫叶。可爱德华·德鲁尼来，谈的是古罗马以及提图斯·曼留斯①、库尔提乌斯②等人物。德鲁尼告诉孩子们他们应该从伟大的人物身上学习励精图治，宝绍则和孩子们聊他们应该向有钱的富人学习。德鲁尼说他一想到古罗马战士的爱国精神就激动不已，可人家宝绍则称他一看到共和国的辽阔疆土，内心马上变得深情款款。

连学校最小的孩子都知道爱德华·德鲁尼是个傻子。更别说那些老师了——他们是不会把选票投给爱德华·德鲁尼的。

"保守党那边怎么样？"宝绍又问，有没有什么消息说这次他们要把哪个推上来？秦汉和汤普金互相看了一样，看来谁都不想先说。

"你没听说吗？"秦汉开口了，"他们已经定了。"

"谁？"宝绍急忙问道。

"他们说这次是斯密斯。"

---

① 提图斯·曼留斯（Titus Manlius），罗马共和国的统治者，也是一位独裁者。

② 库尔提乌斯（Quintus Curtius），古罗马政治家。

"老天！"宝绍跳了起来，说，"斯密斯？那个开酒店的？！"

"是的，就是那个。"秦汉说。

你还记得历史书上说拿破仑一听威灵顿公爵①指挥盟军准备从比利时攻打他时，脸色立刻变得煞白这事儿吗？还有，史书里也描写过当地米斯托克利②听到阿里斯多基顿③成为斯巴达人的统帅，情急之下跳了大海一事吗？你可能不记得那些历史的来龙去脉，但是，我这里说这两件史书里的事可能会帮你了解一下当听到保守党推举了酒店主斯密斯作为候选人的消息时，宝绍先生脸上的表情。

还记得斯密斯吧。他脚蹬长筒袜，以280磅的块头站在自己酒店前的台阶上；他尽量为大家着想，打烊了还卖酒；蒸汽船下沉那天他是如何救了上百条人命；教堂起火的那个晚上他如何让这个镇子幸免于难。你知道他又在大街上开了一家斯密斯北方疗养山庄，现在已经有人称它为斯密斯大不列颠军。

可以想象得到为啥宝绍一下子像个联邦议员那样突然变得脸色苍白。

① 这里指阿瑟·韦尔斯利（Arthur Wellesley，1st Duke of Wellington，1769—1852），第一代威灵顿公爵，英国军事家、政治家、陆军元帅、英国首相，19世纪最具影响力的军事、政治领导人物之一。在1815年的滑铁卢战役中，他联同布吕歇尔击败拿破仑。
② 古希腊杰出的政治家，军事家。
③ 古希腊历史上的弒君者。

"我从来不知道那家伙是保守党那一伙儿的。"宝绍有气无力地说，"他可是一直给我们捐款的。"

"他刚加入保守党，"秦汉回答，用的也是一副大事不好的语气。"他说互惠贸易政策让他深感痛心。"

"无耻的骗子！"宝绍声讨斯密斯道。

大家都不说话了，沉默一阵后。宝绍开口说道：

"斯密斯那家伙除了关税问题还提出别的什么花样没有？"

"他有提出，他肯定会提的。"秦汉回答宝绍，脸色阴郁。

"他提了什么？"

"限制卖酒和全面禁酒。"

听到这话宝绍一下子瘫坐在椅子上，好像脑袋上突然挨了一记闷棍。欲知后事如何，且听下回分解。

第十一章　候选人斯密斯先生

"小伙子们，"斯密斯站在自己酒店前的台阶上对工人喊着，"把那个英国旗子挂上，给我挂得高高的。"

然后他站在那里，打量着那面小旗，看着它在风中呼呼啦啦地飘。

"比利，"他喊来自己那个小文员，"再多拿几个旗子来，挂在咱那个咖啡馆的房顶上面。然后给市里打个电话，问问他们买100面旗子要多少钱。还有，把那些标着'美国产'的酒都挪出去，放上'英国啤酒，随时供应'的牌子，再有，从柜子上把黑麦威士忌撤了，多订些苏格兰和爱尔兰威士忌酒放上去，做完这些你再去印刷厂订些广告传单来。"

话音未落，他脑袋里蹦出一个念头，于是他接着说道：

"我说比利，你给城里打个电话，就说要买50张乔治国王的画像。要好的、彩色的。别怕花钱。"

"好的，先生。"比利回答他。

"还有，比利，"斯密斯又喊了起来，这当然是另外一个念头冒了出来（事实上，自打斯密斯先生加入政界，你就看出他的那些个主意是一个接一个，像波浪似的），"再拿五十张国王爸爸的画像，老阿尔伯特国王的画像！"

"好的，先生。"

"我说，如果行的话，到那儿再买些我们的老女王维多利娜①女王的画像，要女王穿着黑衣服的那种，画像里一定要有竖琴、狮子和三叉戟。"

保守党员开完大会的第二天早晨，大家听说了斯密斯被定为参选人的消息。当时镇子上已经是彩旗飘飘，传单乱飞，鼓乐阵阵。吵闹声、音乐声还有那股子兴奋劲儿从早晨一直闹到晚上。

选举期间哪里都是一片热闹非凡、兴奋不已的场面，即使城里也不例外。只不过城里是一到上班时间兴奋劲儿就消失了。而在马里普斯，因为没有上班时间，所以兴奋劲儿减不下来。

开始还有微弱的声音要让尼文斯上去。但是谁都知道他只是个念过几年书的律师而已，和前途远大、身板高大的斯密斯没法比。

就这样，斯密斯成了保守党参选人。镇子里到处贴着字体超大的"斯密斯——英国式忠诚"字样的宣传单。就连人们胸前戴着的牌子也是一面印着乔治国王的头像，另一面则印着斯密斯的那张脸。保守党竞选委员会的办公室设在了斯密斯酒店旁边的那家水果店里，里面打扫得干干净净，一群为斯密斯助选的工人嘴里叼着雪茄在办公室里昼夜颠倒地忙着。

镇子上还飞舞着另外一批宣传单，上面写着："选宝绍就选了自由！选宝绍就选择了繁荣！来吧！投给密西诺芭的老资格旗手吧！"宝绍的选举委员会设在镇子北头儿的马里普斯大市场旁边，那些人在马路上拉了一条巨大的白色横幅。委员会的办公室里，一群为宝绍助选的工人口衔雪茄，白天黑夜地忙着。

斯密斯曾经让人做了个预测，预测结果说他的助选工人在此次助选中抽掉的雪茄将会比为自由党候选人宝绍工作的助选工人抽掉的雪茄要多一倍。历数过去的五次选举，唯有这一次保守党人能做到如此派头。

有人说爱德华·德鲁尼的宣传广告也出来了，不过他的广告宣传单只有五六个手绢合在一起那么大小，上写："密西诺芭县的选民请为德鲁尼先生投上一票！"谁都很难注意到那上面还有这么一行蝇头小字。后来德鲁尼打算以一己之力在主街上拉一条写着"选德鲁尼就选了诚实"的横幅，可还没等他张罗开，一阵轻风先把横幅吹到河里去了。

到最后其实就是宝绍和斯密斯之间的一场恶战！这一点

大家从一开始就心知肚明！

我是希望自己能好好描述一下这两个人之间的这场恶斗，从开头写起，一直写到宣布投票结果那天，详述其间各个阶段的转折起合，但真要这么做，得写好几个本子，所以只得作罢。

首先，镇上的两大报纸《马里普斯新闻邮报》和《马里普斯时代先驱报》就贸易问题进行了激烈讨论。两家都先用统计数字说话，然后采访候选人，登载候选人对关税问题的见解。

"斯密斯先生，"《马里普斯新闻邮报》的记者提问，"请您就降低差额税的成效发表一下意见。"

"哎哟！彼得老弟，"斯密斯说，"这件事一下两下说不清楚，来，先来根雪茄再说！"

"斯密斯先生，你认为我国降低英国作为互惠国商品的从价税，同时根据互惠税率进口美国商品的后果是什么？"

"这是好事儿，不对吗？"斯密斯回答，"你喝点儿什么，扎啤还是国产酒？"

寥寥几句就显出斯密斯先生已经掌握了应对报界的办法。第二天报纸就登出来了，说斯密斯先生不愿意就关税歧视的原理与健康的财政科学相抵触的事实发表明确意见，他坚持加拿大与美国的关税互惠贸易必将导致从事民族工业的人均数下降。

"斯密斯先生！"马里普斯制造业委员会主席问，"如果你当选的话，你会怎么解决关税问题？"

"伙计们，"斯密斯回答，"我要把关税提得高高的，让他们以后也甭想降下来。"

"斯密斯先生，"另外一个代表团的主席发问，"我向来支持自由贸易……"

"就应该这样啊？"斯密斯说，"我也是。谁不喜欢自由贸易呢？"

"你怎样看待大英帝国防务？"这是另外一个提问者的问题。

"你说什么？"斯密斯问。

"帝国防务。"

"防务什么？"

"任何东西。"

"这是谁说的？"斯密斯问。

"每个人都在说这事儿啊！"

"那渥太哈①的保守党伙计们怎么说？"斯密斯问。

"他们当然是赞成了。"

"我也赞成！"斯密斯说。

上述这些无足轻重的对话只是这场恶战初始阶段的嘴仗

① 原文为"Ottaway"，正确写法应为"Ottawa"（渥太华），作者讽刺斯密斯不识字。

环节。举个例来说，在这段时期，《马里普斯新闻邮报》上证据确凿，说马里普斯的猪肉价比南加州的橙子价格高了6毛钱；密西诺芭县进口鸡蛋的十年平均数比新奥尔良进口柠檬的十年平均数高了4.682%。

这样的数字足以让大伙儿深思！大部分人的确也会这么做一番深度思考的！

接下来是竞选组织阶段，再接下来是大规模公众会面的阶段，即参加集会。也许你从来没有见过一个县被"组织"得如此有条不紊，可以说称得上一道精彩的风景。

首先宝绍的人四面出击，他们坐在高高的马车上，碰到一个庄户人家他们就停下来，先在那户人家好吃一顿，吃饱后把男主人带到马车边儿上，递给他一杯酒。走完喝酒这个过场，那人的选票就坐实了。除非那家伙过后和保守党人搅和到一起又吃了一顿。

事实上，让农民觉得你是个真抓实干的人，唯一的路子就是去他家里和他吃顿饭。如果这顿饭不吃的话，他们就不会选你。这是大家一致认同的政治测验。

当宝绍的人刚把在一起吃饭的这家农民兄弟的选票落实了，斯密斯的马车跟着就从另一个方向来了，后者不仅跟农民兄弟吃饭，临走时还发给他一包雪茄，这下子这个农民又被重新拉回到投保守党的选票阵营里。

独立党候选人爱德华·德鲁尼则紧步上述两位政治家

所乘坐的豪华马车的后尘，也是从一个农庄拜访到另一个农庄，和每一位农民兄弟解释自己不会贿选，也不为选举花钱，不过也没工作可提供，说得每位农民兄弟只能握着他的手，热情地给他指到下一个农庄的路该怎么走。

组织阶段过后就是公众见面会、党员集会以及参选人和支持者的辩论会。

我觉得就整个加拿大自治领而言，还没有一个地方像马里普斯那样，把贸易问题以及互利互惠的问题拿来颠来倒去地辩论，而且一如既往本着民族国家主义的情怀去辩。选举那一个月，人们除了上述议题，什么都不谈。走在大街上，某甲会突然叫住某乙，说昨天晚上自己在哪里读来的消息，纽约鸡蛋的平均价格比马里普斯鸡蛋的价格高出一个点。过几天某乙也会叫住某甲说在爱达荷州，一磅猪肉的价格比马里普斯市面上牛肉的价钱低6厘钱（或许比这个数多，他也没记太清楚）。

那些天人们脑子里除了数字还是数字，谁的记性好，谁就是天生的领导人。

当然了，只有在公众大会上，这些事情才能被透彻地讨论一番。而要想给那些在密西诺芭县曾经举行过的公众大会一个公正的评价，那得写好几本书才行。有时候你会碰到有几篇出挑的甚至可以说称得上公众演讲这一行之杰作的作品。比如说，宝绍先生在德坎色地区学校上的演讲。他演讲完后，第二天《马里普斯时代先驱报》就评论他的演讲应该被载入史册。事实也是这样，那篇演讲确实被扔进史书堆里，而且埋得很深。

听过宝绍演讲的人都说他是个让人崇拜的演讲家。就比如今天晚上他的演讲吧，那是一个有尊严的年长者心系祖国的形象，形象好得让人感觉都不像他了。到了就要结束的那一刻，有人不小心把胸针掉地上了，虽说只是一枚小小的胸针，可胸针撞击地面的声音似乎能把窗子震碎了。

"先生们，我现在老了。"宝绍说，"虽然我年纪一大把，但是等我离开的那一天，不仅仅是离开政坛，同时也是踏上不归之路的那一天到来时……"

当宝绍这样说的时候，每个人都噤声不语。大家都明白宝绍应该是指他离开政坛去美国的那一天。

"是的，先生们，我已经老了，可是当那一天到来时，我不想被人在身后带着恶意指摘诽谤，所以，离开之前，我想让大伙儿明白一点：保守党里的恶棍太多了，远远超出了一个美好社会应该容忍的。"他继续说下去，"我这番话不针对任何人，我也希望自己说话委婉些，可是我还是要说，什么样有理性有责任心的人群会把这样一个臭名昭著的家伙提名为保守党的候选人，对此我是百思不得其解。在当下的选举中，报复性的指责是不招人待见的，所以我们不和他们计较，而是要采取高瞻远瞩的做法。有人告诉我，说我的对手斯密斯就是个普普通通的沙龙老板。我这里先不提他的职业，他们还说他曾经被法庭判过偷马罪，说他在法庭上做过伪证，声名狼藉臭名远扬，而且人人都晓得他是个黑心的骗子。不过，我这里就不多说他做的那些龌龊事了。"

"不说了，先生们。"宝绍停下来喝了一口水接着说道，"有时间说那些，还不如多思考国民福利的问题。我们应该把个人利益抛在脑后，从国家大局着想。为此，我先给大家一些德坎色地区大麦价格的数据。"

在一片鸦默雀静的气氛中，宝绍给大家读了在过去的16年里16个地区的16种谷物的价格。

"我们再看一下密西诺芭县沼泽地干草的价格……"这是另一项民生大计。

那个晚上，等到宝绍终于能坐下来喘气的时候，他所属的自由党正如预期的那样——基本搞定了德坎色地区的选票。

但是，自由党显然低估了斯密斯的政治天才。第二天，斯密斯听到这个消息，立即召集自己手下，特别是深谙演讲的那几个人共商反戈策略：

"伙计们，他们拿统算数字①说事儿，我们在这方面可做得不够。"

说完他转过头看着尼文斯说：

---

① 原文为"Statissicks"，正确应为"Statistics"（统计数字），作者意指斯密斯不识字。

"有一天晚上你在这里给过一些数字？"

尼文斯掏出一张纸条开始念念叨叨。

"停，"斯密斯说，"那个咸肉的数字是多少？"

"1400万元。"

"太少，"斯密斯说，"改成2000万元，农民兄弟可以做证。"

尼文斯把数字改过来。

"干草的数字是多少？"

"2块钱一吨。"

"提到4块钱一吨。要是哪个农民弟兄站起来说这个数字不对，告诉他自己去华盛顿查；如果还有哪个让你拿出证据，让他问英国人去。告诉他直接去伦敦问，要不就说数字都在书里写着呢，他自己看去！"

从此以后，在统计数字这一点上，斯密斯他们再没碰到什么麻烦。可我还是要强调一点：能掌握那些统计数字，再把它们列举出来绝对是让他人心服口服的一个绝佳办法。银行家木林斯可能是这方面做得最好的。像他这种职业的人对贸易额、人口数和钱数那是手到擒来，这个本事用到公众演讲上，效果好得不得了。

我不怀疑您以前也听过其他类似好的演讲，但你若是声称自己听过比木林斯在第四区大会上的效果还好的演讲，那我可真得好好问问你！

至于木林斯本人，他知道自己在数字方面的长处，所以从来不需要把那些数字写下来以便演讲时提醒自己，他的演讲致力于追求一鸣惊人的效果。

"先生们，"他很认真地讲道，"在座的有多少人知道过去十年里我国的出口额上升的幅度有多大？有多少人知道每十年我国进口额增加多少百分比？"说完目光绕场一周——还真没有一个人能回答上来他的问题。

"我也没记住，"他说，"具体数字我也不清楚，但是肯定是个大数儿，我们再来说说人口。"木林斯的兴致又来了，他这一点倒和那些天才统计学家一样，都对数字的精确度非常关注。"在座的有多少人知道，我是说，有几个人能说出在一线城市，每隔10年，人口增长百分之几呢？"

说完这几句后木林斯便不再说话，可等了半天并没有人接他的话茬儿——这帮听众也真是让人服了！

"我也记不清具体数字了。"木林斯说，"但是我家里有，是些大数儿！"

但是对参选人斯密斯来说，在公众演讲的环节中，他遭到了沉重的一击。

按照原先的安排，斯密斯的竞选纲领最主要的就是提倡全面禁酒。但是保守党员们很快就发现这是一个错误的决定。原因是他们从城里请了一个特约演说家，此人打着白色领结，一脸严肃，一看就是一门心思扑在工作上的人，而且他说他什么都不要，只要能给他报销车马费和演讲费就够了，要我说就是只要钱其他什么都不要。

某天晚上，那厢自由党人在德坎色的学校里集会，这厢保守党人在德坎色的交谊大厅里开会，而且是轮到保守党从城里请来的那位特约演说家上来发言，讲到一半的时候，演说家停了一下，然后才说道：

"今天我们聚在这里，为的是好好讨论一番，可是你知道我们的对手现在在他们的会场那儿干什么吗？就在今天下午，十七瓶黑麦威士忌酒从镇子里送到他们的会场，就藏在黑板和墙之间的夹缝里。参加会的每个男人……请注意，是每个男人！都可以把那个恶心玩意儿喝个够，酒钱算在自由党参选人的头上。"

演说家说到这里时，会场里那些支持斯密斯的保守党人你看我，我看你，惊讶中透出些许受伤的表情。结果大会开到一半儿，整个大厅的人都走光了。

经过那次事件后，保守党不再主张禁酒，它的选举委员会重新出了一份限制卖酒执照的政策，鼓励人们生产含有酒精的饮料以此来促进禁酒事业的声明，并且宣称支持执行严格的卖酒规章，借此达到让那些"饮料"落到那些应该消费它们的人手中的目的。

终于迎来了选举揭晓的那天，就是那一天斯密斯的事业达到了高峰。因为那天被载入史册，所以我这里也就不一一叙述了。

见过马里普斯选举的人都应该知道投票揭晓的那天是怎样一番景象。依照习惯，所有的商店都关门，连酒吧（依据法律）也要关门，这就逼得人们不得不从酒吧后门溜进去。每个人都穿上自己最好的衣服，先是沿大街严肃地溜达一圈儿，等着有意义的时候来临。每年的7月12日或者圣帕特里克纪念日大家都是这样做的。每个人在投票前都要好好看看别人是不是已经投完了，因为谁都不愿意做投票第一人，谁都怕给人耍了，投了不该投的一方。

大部分人还是支持斯密斯并且愿意遵照他的嘱咐行事。他们一早到了投票地点，待在那里晃晃悠悠，摆出一副不打算离开的样子。斯密斯的观点是：投票和猎熊一样，一定要沉得住气才行。

"先别投着呢，年轻人，"他说，"别太着急了，好戏在后头呢，等一会儿热闹了再说，先让那帮人高兴高兴，然后再给他们苦头吃。"

在马里普斯的每个投票点，都有一个选举监察人和两个监票人，再有就是要投票的人。待在那里的投票人一会儿进来，一会儿又出去，像老鼠看到捕鼠夹一样来来回回地试探着。这些人当中一旦给监票人逮住一个，那人就会被推进那个像小盒子一样的投票间，接着再被推进窗帘后面的隔间里，在那里投上一票。当然了，用的是无记名的投票方式，所以除了监票人和监察人，还有在那里晃悠的两三个人能猜到你是投的哪一方，其他人根本不晓得你会投给哪一方。

我猜正是因为这样的投票方式，所以选票第一轮出来的结果明显出人意料。也许这也就是为什么投票初始，独立党参选人爱德华·德鲁尼似乎胜券在稳。你真应该看看聚在大街上的人知道这个消息时那激动人心的场面。人们都去参加自由党的大会或者保守党集会，早忘了独立党爱德华·德鲁尼也是参选人之一，等到下午四点钟爱德华·德鲁尼领跑选票的消息出来，大家都惊呆了。不是说他们听到这个消息不高兴，正相反，他们开心得很哪！每个人都跑到德鲁尼那里，争相和他握手，祝贺他，告诉他自己早就意识到这个地方需要的是德鲁尼这样率直、诚实的无党派人士。保守党人士公开说他们早就厌倦了党群之争，而且是厌倦至极！自由党也马上发话说他们恨死了拉帮结派结党营私。有三四个人已经把德鲁尼拉到一边，和他解释说这个镇子里就是缺一个正直、两袖清风、不和任何党派掺和的邮局，而且邮局必须要选一个具备无党派特点的一个地址，签合同时也不要给任何亲党派人士捣鬼的机会。有两三个人自告奋勇要带德鲁尼去看那块没党派掺和的地皮，看看要不要买下来。他们还告诉德鲁尼，在新的邮局局长任命的问题上，他们对现任局长特劳尼没有个人成见，也不会说对他不利的那些事情，只是有一点：这家伙千真万确、无可挽救地不适合这个职位！如果德鲁尼打算要"纯洁化"公务机构（他说过这话的！），应该第一个就把特劳尼给"纯洁"掉。

爱德华·德鲁尼一下子意识到在公共部门说了算意味着什么，这感觉让他做起事来也有了大人物的派头，这是他意识到手中有权的第一个迹象。

事实上，就在那半个小时中，德鲁尼有机会见识了什么是真正的说了算。亨利·麦金斯来找他，说想让德鲁尼给他某个联邦政府统计员的工作，原因是他手头实在是没钱了——一个冬天风湿病把他折磨得什么也干不了。尼尔森·威廉姆斯来求德鲁尼给他一个码头工长的工作，他说他一个冬天因为坐骨神经痛躺着来，看来除了码头工长的工作，其他他是什么也干不了啦。伊拉玛斯·阿奇来问小德鲁尼，能不能把他儿子小皮特安排在渥太华的机构里，怎么着他也得给儿子找份工作呀，可这事就是迟迟没有着落。不是因为皮特是个不干活儿的孩子，而是他太笨，这点儿他爸爸都承认，笨得实在是没辙，一点儿聪明劲儿都没有，脑子混沌，记不住数字，也没上过啥学。如果德鲁尼能让他在渥太华上班，他这个当老爸一定会认为这工作安排得蛮合适，正好能用上皮特的特点。真要说几句掏心窝子的话，他儿子怎么就不能去政府里专和印第安人打交道的部门、太空部，或者新加拿大海军部那里工作？对于这些来找他的人提的要求，德鲁尼一概回复他会认真考虑，但是他也让对方知道他德鲁尼做什么决定前都得征求同事的意见，而不能像个大独裁者那样按照自己的想法一意孤行，想干什么就干什么。说真的，如果说他过去曾经有一丁点儿嫉妒内阁部长，那这时候也无影无踪了。

但是，德鲁尼的风光很短暂。投票还没结束，另外一个消息旋风般传来——宝绍的票数拔了头筹。虽然消息不知真假，但第二轮的投票不出意料全部投了宝绍，结果出来后，宝绍对斯密斯的投票数是六比二，有人说从镇子延出来的那条大路两旁的人家把手中的选票全部投给了宝绍（就连干草农场的那几个农民也把票投给了宝绍）。

这个消息一传到镇子上，帕西亚斯骑士乐团马上就上街了，骑士团员们（每个人都是自由党员）打出了宽幅的红色旗子，旗子上写着"永远的宝绍"几个大字，每个字母都有一英尺高。谁都没见过这阵势，那场面，完全可以形容为欢欣鼓舞、激情洋溢。在马里普斯大市场外面的台阶上，宝绍被围在中间，人们争相和他握手，和他说自己能看到这一天的到来有多骄傲，和他说自由党是自治领的光荣，和他说自己一想起无党派政治就犯恶心。同时，在自由党竞选委员会的房间里，自由党人已经在开始紧锣密鼓地张罗晚上的游行、幻灯片以及演讲稿等事情，统统都准备好后还特地追加了一个环节——四个穿着白色衣服的小女孩（四个小女孩全部是不折不扣的自由党人哟）走到讲台上把一个巨大的花环献

给宝绍。

只剩下一个小时的投票时间了，就在此刻，斯密斯从自己的委员会办公室出来，指挥那些要投他票的人群聚到街上，怎么形容当时的场面呢，我看和威灵顿爵爷在滑铁卢指挥大军有得一拼！从每个委员会的房间乃至每个副委员会的房间里拥出了一簇又一簇的人群，每个人的大衣上都跳跃着一枚蓝色的徽牌。

"向目标进军，伙计们，"斯密斯说，"投吧，好好投吧，一直投下去，直到他们让你停止！"

他转过身子看着自己的助手。"比利，"他说，"马上写封信给市政府，就说我以大多数票数当选，让他们马上回复。给各个选票点打电话，就说整个镇子都被保守党拿下，告诉他们也发回同样的消息。再找几个木匠来，让他们赶快在酒店门前搭个台子；告诉那些木匠给我把酒店门的门闩都取掉，然后一起等着投票结束。"

就是这最后一个小时搞定了事情。当《马里普斯新闻邮报》的宣传栏里贴出了关于斯密斯当选的电报稿后，消息在县上马上就传开了，所有的选民都不再犹豫了。那些已经等了一天还在犹豫，不想自己手中的一票投错了的人，突然看见斯密斯的人冲向投票点，耳朵里乱哄哄全是外面关于斯密斯当选的新闻，终于下定决心把自己的这张票投了出去。等到5点一到，所有的投票点都下令关闭，毫无疑问，这个地区被挽救了——斯密斯赢了！斯密斯选为密西诺芭县的议员！毫无疑问，德坎色地区被挽救了——

真希望那天晚上你在现场，这样你就可以目睹那场面，绝对对你的心情有好处，那从来没见过的喜悦之情和盛大狂欢，让人心花怒放。搞了半天马里普斯整个镇子都没有一个自由党人士，也永远不会有一个自由党分子。所有的人都是保守党，而且是多年的保守党人士。那些20年来忍着心痛把票投给自由党的人在当天晚上都争着站出来，抢着坦白自己其实是保守党的卧底，时至今日再也不愿承受巨大的压力，所以站出来说清楚自己的身份，做这些事情的同时，他们心里已经做好了牺牲自己的准备。

就连殡葬人秦汉先生也站出来说自己昧着良心给宝绍做事，他说从一开始他内心就很不安，还说这事一直像"幽灵"一样折磨着他，而且那个幽灵般的东西常常是在夜里出现，每当他在深夜独自一人工作时，那东西就来折磨他，以至于他都不能继续手头的尸体防腐处理。其他就不用问了吧？当加拿大和美国互惠贸易协议提出的第一天，回到家的秦汉先生就和自己夫人说自由党的这个政策说得简单点就是卖国。更奇怪的是，镇子上一起拥出来好些个和秦汉一样的长期备受折磨之人。特劳尼亲口承认了他曾和自己的夫人说起贸易互惠政策太疯狂一事。理发师杰夫·索普也说，大家议论贸易互惠政策的第一天，他一到家就和自己夫人说这个政策只能扼杀本国的商业，物廉价美的美国商品一定会进来，如此一来还想让加拿大人对英国保持以往的忠义之心是不可能的事。看来秦汉夫人、特劳尼夫人和索普夫人6个月前就知道这事儿，可她们就是闭口不谈，当没这回事儿一样！这让我不由得想起在我们这个国家有很多像秦汉夫人这样的妇女。这事儿也再次证明女人掺和政治的确不大靠谱。

那天在马里普斯的游行永远会被铭记。街道上，那激动的人群，明亮的火炬，帕西亚斯骑士团乐队（除了乐队名起得不像保守党派，其他都是保守党）的演奏至今历历在目，最让人激动的还是那些爱国主义演讲。

人们在酒店门前搭了一个大台子，斯密斯和团队的主要几个人站到了台子上，他们身后，猎猎旗帜迎风飘扬，仿佛一片巨大的森林。四个穿白色衣服的小姑娘（还是最初安排给自由党竞选人宝绍献花的那四个小女孩）给斯密斯送上一捧硕大的鲜花，因为事后证明这四个小女孩其实是保守党员。

接下来就是竞选取得胜利后的演讲。帕帕雷法官第一个发言，他说大家不必沉湎于已经取得的胜利，因为那已经是历史了。他还说自己由于职位的原因，一直没有找到机会和大家聊聊他在这场选举中起到的作用，不过那都是过去的事儿了。轮到尼文斯律师上场了，他一上来就和大家说自己只讲几句，说他所付出的辛苦也成为历史的一部分，说新的一代人也许会读到这部分历史，所以用不着他在这里一一赘述，还说他的所作所为已经成为这个国家的历史的一部分。这两人说完以后，其他人也陆续上来发言，每个人的发言基本都是一个流水账，所有的人都不愿意多谈选举（也就半个小时多点），原因是他们在选举中的作为留待后人去评判。他们说得没错，对于某些事情，就留给后人去评判吧。

斯密斯先生呢，当然喽！他什么都没说。他也没必要说——至少四年之内不用说——这点他还是明白的。

第十二章　开往马里普斯的火车

从城市开往马里普斯的火车每天下午五点发车。

好奇怪，你居然不知道有这么一班列车，怎么说你也是从那个镇子里出来的人啊。哦，想起来了，你从马里普斯来到城里，那已经是好多年前的事了。

可是你若说自己压根儿对这趟车无从知晓，那还是有点不可思议。已经好多年了，每天下午，那趟列车就停在城里的车站，咻咻地喷着白气，任何一天你都可以登上这趟火车——回家去。不，不是"家"了！你现在不可以称那个地方为"家"了；"家"现在对你来说是坐落在城里最好地段的那座红色砂岩的大宅子。"家"在某种程度上也是这个行宫俱乐部，而我们现在就坐在这个俱乐部里聊着那些年在马里普斯度过的孩提时光。

如今的你，已经很难把家和那个小镇联系起来。只有在深夜，当你坐在角落里静静地读一本面前这样的书，你可能会觉得你的家和那个小镇是有关联的。

现在的你，自然很难记起还有这样一趟列车。可多年以前，那时你还是刚到城里奋斗的孩子，那时的你，心里只有马里普斯——只有它是你最熟悉的地方。可即使知道有这么一列火车，你也买不起一张回去的车票啊！非常想它的时候，星期五下了班，你溜溜达达到了车站，看着那些去马里普斯的人登上列车，准备回家，你多么希望自己也在那堆人群里啊！

为什么？为什么你曾经那么惦记那列火车？比惦记任何城里的东西都要多，而且你打心眼里爱它，其实只是因为那趟列车去往的骄阳下的小镇。

还记得吗？当你第一次挣到钱，你对自己说只要你有钱了，真正有钱了，你就回去。回到那个小镇，在那儿盖座有漂亮阳台的大房子，坚决不怕花钱，就盖最好的，每平方尺都用好木头，还要在房子前面修一道尖木头桩的篱笆。

那是你能想到的最气派也最精致的房子，比你后来在城里盖的那座带马车通道和大温室的房子还要好。

但是如果你已经对马里普斯印象模糊，也不知道该怎么再回到那里，你和行宫俱乐部的大多数会员一样，把城里当作自己的家。那我说其实这里的每个会员过去都是从马里普斯来的，你会相信吗？你会相信他们中间任谁都不会在无所事事的深夜里念叨着自己要回去看看那个镇子？

其实他们都有过这念头，只是不好意思承认罢了。

你可以去问问旁边桌子的人，问问他这里端上来的鹧鸪，是否能比得上当你和他，或者是他和旁的人，还是小伙子时在湖边云杉丛里射到的飞禽的味道。问问他在俱乐部里吃到的鸭子可否能和从微萨诺蒂湖岸的野稻田里抓到的黑鸭子的味道媲美。还有鱼，钓鱼，不，还是不要问他了，因为如果说到鱼，如果他开始给你讲他们在小镇生活的日子里跑到水磨坊的大坝下面去钓鲑鱼，去印第安岛上找那些藏在岩石缝里的青鲈鱼的趣事，那话匣子一打开，可就合不上了。晚上这帮人待在城里的俱乐部里打发时间，除了发呆就是发怔，可如果讲起自己那些儿时故事来，再漫长的时间都不够。

也不奇怪他们不知道下午5点钟有趟去马里普斯的火车。还真没多少人知道有这么一趟火车。是，好多人都知道有一班车是下午5点钟出发的，但是去哪儿他们并不清楚，都以为那车是去郊区。还有好多天天坐这趟车的人以为它最多就跑到高尔夫球场，但实际上这列车出了城，在郊区和高尔夫球场短暂停留后就去了马里普斯。它轰轰隆隆向北驶去，烟囱里冒出的硕大火星在黑夜里看得清清楚楚。

一开始你还真不敢断定这车是去马里普斯的。车里挤满的都是些带着高尔夫球杆、穿灯笼裤、戴那种平顶小圆帽的人，任谁都看不出来那是住在马里普斯的人。那些家安在郊区的人拿着往返车票在过道里挤成一拨儿，一看就不是马里普斯人。但是，再往四周瞅瞅，你就会发现那些马里普斯人了。这儿，还有那儿，挤着几个人，他们穿戴整齐，就是着装风格有点怪，女人戴着那种很独特的大帽子，怎么说呢？去年的流行款式？嗯，肯定是去年流行过的！

不管怎么说，那些是马里普斯人准保没错。那个戴两块钱的巴拿马帽、镜片烁烁闪光的男人可是久仰大名的密西诺芭县法院里最最了不起的法官大人。那个头戴黑帽、看上去像坐办公室的人正和旁边的人解释什么是新式空气制动理论（听上去完全是对物理领域里那个神圣理论的最抓人眼球的解释），你肯定见过这人，他是从马里普斯来的，他们都是从马里普斯来的！在这列火车上，每天多多少少都会有几个马里普斯人。

不过当车窗外是市郊、高尔夫球场和城市的外围风景时，你还是挺难辨认他们的。但是，再等等，当你离城愈来愈远，火车也开始一点点变了模样。载着你在城里穿梭的电气火车头被甩下了，换上了烧木头的火车头。我猜，这种火车头是40年前你小时候见过的，就是那种老式机车，烟囱上端宽宽的，像是给它自己戴了个帽子，而且，直冒火星子！那火星儿冒得——一英里内准得给点着些什么，完全是一副不毁掉点啥不算完的架势！

你注意到了吗？这列从城里开出来的电气快车，沿路开过去，每过一个车站，就挨个儿卸下那些漂亮的车厢，然后用老式车厢取而代之，车厢里放着那种红色长毛绒的坐垫，它们新的时候颜色是多么的华丽啊！车厢一头还摆着个四四方方的炉子。已经是深秋了，车窗外，空气越来越冷，炉子里的干柴棒子烧得正旺，火车离城市已经很远了。此时的它已经行驶在了北部地区遍布松柏和湖泊的高地上。

你看着车窗外的风景。城市早已被甩在身后。拾掇得整整齐齐的农场躲在榆树或者枫树的影子里，黄昏已至，谷仓旁的风车依稀可见。小屋里透出的灯光是红色的。经历过城市的喧嚣和磕磕碰碰后，你心里透亮，知道住在那样的小屋里肯定是舒服得不得了。是啊！光是想想那安安静静的感觉都觉得通透惬意！

坐在车厢里的你半梦半醒，一个劲地问着自己：为啥这么多年你从来没有坐这趟车回来过？多少次你心里计划等忙过手头上的事情，就回趟家乡小镇，看看它现在的模样和你出来时比有没有变化。但是一到假期，你主意就变了，你去了纳加赛特、纳加哈克，反正是纳加什么的地儿，还频频安慰自己说，等下次就去马里普斯。

天黑了，不过还是可以看见那些树、篱笆和农场小屋，它们在黄昏里若隐若现，可是你心里竟然起了自己很快就看不见这些风景的念头，就是因为它们消失得太快了！车头和客车厢已经挂上了一长串平顶车厢和货车车厢。在每个岔路口，还是可以听见长长的忧伤缠绵的哨声，听着它渐渐消失在林子那边；窗外已经看不到多少农田，越来越多的是有小路穿插其中的丛林，林子里是落叶松和低矮的红柳，以及那些贴着地面生长的叫不上名字的灌木丛，这些植物依旧用自己的身躯顽强地抗衡着在这里开荒种地的两代人所付出的辛苦和努力。

在若明若暗的暮色中，眼前突然变得开阔起来，看，那是什么？！那可不就是瓦萨诺比湖吗？这儿的人都叫它大湖，从这大湖里出来一条河，把大湖和那个叫作微萨诺蒂的小湖连起来，马里普斯就在那个小湖的边上，它已经等了你整整30年！

这就是瓦萨诺比湖！它是那么宽阔，夜色中的湖水是那么宁静，宁静得连水波纹都没有，薄雾已经在湖面上徘徊。列车仿佛紧贴着湖水行走，在拐弯儿的地方沿着路基画出大大的曲线。

在这样的秋夜，火车跑起来是多么爽快利落啊！我知道你坐过帝国列车、新股份公司的车，就连那个从巴黎到马赛的沿海特快列车也坐过——那趟车可是保持着连续开600公里的记录的——但是现在这辆车，轰隆隆打雷一般，以让人提心吊胆的速度载着你冲向小镇。

请别为了让我安心，告诉我现在这辆车的时速只有25英里，我才不在乎呢！告诉你吧，这趟拖着一长串平顶车厢和货车的火车，这辆快要把沉沉夜色撕裂的火车，这辆穿过寂寞丛林、回声久久停留在寂静湖面上的火车，要我说它现在就是世界上跑得最快的一列火车！

是的，它不仅快，还是最舒服、最可靠、最豪华、轮子转得最给力的火车。

它也是车厢内气氛最好、旅客们最能打成一片的列车。车子离马里普斯越来越近，你看那些乘客，他们彼此谈得多热乎！列车刚驶出城时那种闷闷的气氛一扫而光。所有的人不是自己说别人听就是别人说自己听，他们聊收成，聊刚过去的选举，聊谁谁被选进内阁了，反正就是那些老套的家常话。

这时候列车员已经摘掉了自己脑袋上那顶发光的工作帽，给自己换上了一顶小圆帽。你听见旅客们叫着他和司机的小名，什么“比尔”“山姆”的，亲切得就和一家人似的。

现在是几点了？9点30分？这么说很快就要到目的地了？刚才车窗外一晃而过的那片灌木丛，你记得它紧挨着瓦萨微比河上桥这边儿的沼泽地。看，火车已经到桥这里了，它正穿过这座建在沼泽地上的铁桥！车窗外传来咔嗒咔嗒的声音，那是火车正在换轨道，看来很快就要到目的地了。

什么？你有点儿紧张？甚至感觉有点陌生？哦，那是肯定的！毕竟你离开镇子已经好多年了。别没完没了地盯着车窗玻璃一个劲地想看清里面的那张脸啦！这么多年过去了，没人还会认得你，你的脸已经烙上了城里人那种时刻准备搂钱的神态。如果以前你还时不时回来走动走动，哪怕次数很少，也不会把自己的脸搞成这个样子。

听——听到了吗？那是火车的汽笛声，一声，两声，三声！火车开始减速，你知道火车已经到了离马里普斯最近的那个拐弯处，站台上的排排灯光和明亮的窗户已经浮凸在夜色里。

这一幕何等生动淳朴，一下子把你拽回到30年前！那些从酒店发来的巴士早已列队等在那儿了。车进站了，待喘着粗气的火车头不再发出嘶嘶的声音，司机和搬运工紧接着就喊上了："马里普斯！""马里普斯到了！"声音盖过了站台上的嘈杂。

我们沉浸在那声音里，喊声越来越远，越来越模糊，你发现自己还是坐在行官俱乐部的皮沙发里，聊着那个我们曾经那样熟悉的艳阳下的小镇。

里柯克小说年表

文学差言（*Literary Lapses*）（1910）

胡言乱语（*Nonsense Novels*）（1911）

小镇艳阳录（*Sunshine Sketches of a Little Town*）（1912）

望尘莫及（*Behind the Beyond*）（1913）

闲适富人的田园历险记（*Arcadian Adventures with the Idle Rich*）（1914）

疯人院的月光（*Moonbeams from the Larger Lunacy*）（1915）

蠢话续集（*Further Foolishness*）（1916）

散文及文学研究（*Essays and Literary Studies*）（1916）

疯狂小说（*Frenzied Fiction*）（1918）

美国的霍亨索伦家族（*The Hohenzollerns in America*）（1919）

迷人的温妮（*Winsome Winnie*）（1920）

我之英格兰发现（*My Discovery of England*）（1922）

学院生活（*College Days*）（1923）

脚灯之上（*Over the Footlights*）（1923）

傻子花园（*The Garden of Folly*）（1924）

醍醐甘露（*Winnowed Wisdom*）（1926）

短路（*Short Circuits*）（1928）

钢铁男人和镀锡女人（*The Iron Man and the Tin Woman*）（1929）

和里柯克一起大笑（*Laugh With Leacock*）（1930）

冷冰冰的皮克威克（*The Dry Pickwick*）（1932）

乌托邦的下午（*Afternoons in Utopia*）（1932）

记忆样板（*Model Memoirs*）（1938）

泛滥的学院派（*Too Much College*）（1939）

我了不起的叔叔（*My Remarkable Uncle*）（1942）

快乐故事集（*Happy Stories*）（1943）

怎样写作（*How to Write*）（1943）

最后的树叶（*Last Leaves*）（1945）

译者后记

  在加拿大安大略省的南部地区有一个叫奥瑞拉的小城，它坐落在西科湖和考垂琴湖之间，每年有大批的游客来这座小城观赏风景，参加各式各样的节庆活动。值得一提的是，在加拿大幽默作家斯蒂芬·里柯克的《小镇艳阳录》一书中，故事的发生地——小镇马里普斯即是以里柯克曾经居住过的奥瑞拉为素材写成的。如今在奥瑞拉，人们建立了斯蒂芬·里柯克博物馆以此来纪念这位著名的加拿大幽默作家，并尽可能让小城的建筑地名等模仿小说里的描写，同时奥瑞拉的居民自豪地把自己的城市命名为"艳阳之城"。

  加拿大幽默作家斯蒂芬·里柯克于1869年出生于英国南部的一个小村庄，后随父母移民到加拿大，长大后做过中学教师，后在麦吉尔大学任教一直到退休。里柯克是一位勤奋多产的作家，他的写作风格以幽默诙谐见长，小说作品曾经风靡北美地区乃至英语国家地区。20世纪早期曾有人说过："你可能没有听说过加拿大这个名字，但你绝对听过里柯克这个名字。"可以说在1915年至1925年期间，里柯克是英语国家最受欢迎的幽默作家。他的主要作品被列入加拿大文学课程的必读书目之中。里柯克去世后，人们设立了年度里柯克银质奖，每年颁发给当年被评为最佳幽默作品的作者，以此纪念这位多产的幽默作家。

《小镇艳阳录》和《闲适富人的田园历险记》分别出版于1912年和1914年。《小镇艳阳录》的出版给里柯克的文学事业带来巨大的成功，两年后出版的《闲适富人的田园历险记》则被认为是《小镇艳阳录》的姊妹篇。同样，后者也在北美地区受到读者的追捧，并被当时的苏联引进出版，成为这两个国家或地区的畅销书之一。

在里柯克的所有文学作品中，《小镇艳阳录》力拔头筹，成为他的代表作。在这本书里，里柯克描写了一个叫作马里普斯的小镇，用幽默讽刺的笔触描写了小镇上各种各样的人群的代表人物。有做酒店生意的斯密斯先生，大字不识却善于投机钻营，本来只是一个差点被勒令关门的酒店老板，却阴差阳错，成为的参选人，且指挥镇上的保守党员打赢了竞选战役；杰夫·索普，一个理发店的小店主，因为沉迷于买股票发了财，成了小镇上的风云人物，最后却上当受骗，赔光了所有买股票挣的钱；法官帕帕雷先生，他守旧、固执，但在里柯克画龙点睛的描写下，也有着让人捧腹的性格和做事风格；银行职员帕普金和法官女儿簪娜的爱情在作者的笔下让人忍俊不禁；"马里普斯美人号"上发生的沉船事件让人觉得匪夷所思。总之，作者用敏锐的眼睛看到了小镇生活中的荒诞，再用生花妙笔把这种荒诞用讥讽和幽默但略带善意的手法描述出来。在他的笔下，马里普斯小镇是一个小社会，它有腐败、狭隘和伪善，也有人情、大度和小地方人的真诚，更有作者描述它时发自内心的真情流露。可以说，马里普斯寄托了作者的思乡之情，寥寥几笔，却也让人动容，这里随便引述的一段作者在回乡时对小镇周围风景的描述便可见一斑：

> 你看着车窗外的风景。城市早已被甩在身后，拾掇得整整齐齐的农场躲在榆树或者枫树的影子里。黄昏已至，谷仓旁的风车依稀可见。小屋里透出的灯光是红色的。经历过城市的喧嚣和磕磕碰碰后，你心里透亮，知道住在那样的小屋里肯定是舒服得不得了。是啊！光是想想那安安静静的感觉都觉得通透惬意！

在《小镇艳阳录》里，作者虽然讽刺了各式人物，可是你能看到他对小镇自然而然的爱意流露。当你被书里的人和事逗得开心后再看到上面这样的文字，你不由得掩卷深思：是啊，难道不是吗？那些从小地方到大地方奋斗的人，当有一天他们终于在奋斗的地方扎下根来，他们也失去了故乡的"马里普斯"小镇。

如果说里柯克在《小镇艳阳录》里的文字寄托了真情，那么在《闲适富人的田园历险记》里，他则毫不留情。在后者中，他描写了美国一个小城市里的富人群体，题材和《小镇艳阳录》相似，涉及的是同样的话题——金融投机、浪漫爱情、教会政治、选举等，但是在语气上却大不相同。同样是讽刺，但是在《闲适富人的田园历险记》一书里，我们读到的是一种辛辣的毫不留情的语气，一种对穷人的同情和对富人的不满。在《闲适富人的田园历险记》的结尾处，作者这样写道：

> ……就这样，夜色从浅到深，又从深变浅，直到新的一天来临，灯光下的影子在夜色中影影绰绰，那是城里的精英们要开车回家，这下他们可以睡个踏实觉了。那些住在城市南边的人则睡眼惺忪地爬起来，对于他们来说，辛苦劳作的一天才刚刚开始。

可以说，在《闲适富人的田园历险记》里，无情的嘲弄取代了《小镇艳阳录》里那种掺杂着些许温情的调侃和讥讽。在《闲适富人的田园历险记》里，作者对现代城市社会里发生的荒谬现象有着细致入微的观察以及洞察秋毫的敏锐，并且毫不留情地用幽默的手法给予抨击。细读两本书，作者对小镇生活的人群和城市"精英"的态度高下立见分晓。

需要提及的是，在这两本书的人名翻译中，我颇为踌躇且费了心思。一般来说，在翻译作品中，英文通常都是按发音直译，但是在我看来，由于这两本书都是幽默小说，作者给书中大部分人物的英文名字起得也不合英语国家起名常理，而是暗含幽默或讽刺的成分，如果照音直译，

一、肯定丢掉了原文的幽默效果；二、也忽略了作者起名的用心。这样斟酌后，我依着名字尽量和书中人物性格挂钩的想法去译。比如说，在《闲适富人的田园历险记》一书里，文中人物有"Fyshe"先生，通常情况下会译成"费舍"，但是我翻译成"范社"，一是"范"字较上口，二是书中人物提到自己是社会主义者之类的话；再比如书中另一人物"Boulder"，按音译的话，应该是"布德"之类的名字，但是我译成了"元石"，原因是"Boulder"本身有"圆石"的意思，此人又是以圆滑的金融商人的形象出现，所以我译作"元石"；类似的人物还有大学校长兼考古学博士"Boomer"先生，"Boomer"一词在英语中有"讨人喜欢之意"，我就翻译成了"陶喜"。书中另一人物，"Spillikins"先生，我译作"谢橹"，原因是此名字按音直译的话太长且拗口，读者读起来费劲，意义还不大，再加上这个人物非常有特点，所以我这样翻译了一个中文名字，也是为了尽量和人物性格形象贴近；又如"Longstill"先生，这样的名字显然体现了作者起名的幽默之意，我就按照发音翻译成"浪斯"，和名字本意相差较远，但私以为和人物性格还是有几分贴近的。我知道这样翻译人名似乎有投机取巧之嫌，但初衷是为了读者阅读起来容易些，不会因为名字的拗口别扭影响了阅读的心情和速度，所以这里特地解释一番，只为恳请专家及读者能够原谅我的莽撞之举。

再来说说我对幽默文学的理解。幽默文学总是和讽刺时事挂着边儿，但若论讽刺时事，幽默文字本身绝对不是一件锋利的，拿出来亮得闪人眼的武器——疾声厉色、针锋相对的讽刺文字好比磨得锃光瓦亮的长矛，一扎一个血窟窿——幽默作家的文字则像是竹篾片，折下弹起，打脑袋上能弹出个小包儿，打身上撂下一道红印，但是不见血。文字虽不扎出血来，但文字里的观点却是谁也小瞧不得。好的幽默作家手中的笔，一定是一支生花妙笔。从这笔流淌出来的文字，不仅能让读者捧腹开怀，而且在笑过之后，还会掩卷深思。能做到这一点，委实不易。这就和舞台上的喜剧创作往往比悲剧创作要难是一个道理。而且我相信，但凡好的幽默作家，他们一定是对生活的悲剧性和荒诞性洞若观火的一类人。明白了这悲与荒诞，却依然能够孜孜不倦地写它，把它变成笔下令人破颜一笑、开卷有益的文字，在我看来，这样的作家真的了不起。

很荣幸能和花城出版社合作，由我来翻译斯蒂芬·里柯克的这两本姊妹篇，特别是《闲适富人的田园历险记》，据我了解，国内还没有出版社出版过此书（全译本）。在这两本书的翻译过程中受到很多人的帮助，有我在加拿大的朋友，有花城出版社的编辑，他们的热心和敬业态度让我感动。同时要特别感谢我的父母，在我的成长过程中给予了满满的爱和包容，并且在这本书的翻译期间给了我很多支持。

鉴于我水平有限，译文谬误在所难免，还望读者批评指正。

斯钦

2017年5月26日

译者后记